動物農莊

喬治・歐威爾〔George Orwell〕著

劉紹銘 譯

香港中文大學出版社

《動物農莊》

喬治・歐威爾 著
劉紹銘 譯

© 香港中文大學 2020

國際統一書號 (ISBN)：978-988-237-184-2

2020年第一版
2023年第五次印刷

出版：香港中文大學出版社
　　　香港 新界 沙田・香港中文大學
　　　傳真：+852 2603 7355
　　　電郵：cup@cuhk.edu.hk
　　　網址：cup.cuhk.edu.hk

Animal Farm (in Chinese)
　　By George Orwell
　　Translated by Joseph S. M. Lau

ISBN: 978-988-237-184-2

First edition　　　2020
Fifth printing　　2023

Published by The Chinese University of Hong Kong Press
　　　The Chinese University of Hong Kong
　　　Sha Tin, N.T., Hong Kong
　　　Fax: +852 2603 7355
　　　Email: cup@cuhk.edu.hk
　　　Website: cup.cuhk.edu.hk

Printed in Hong Kong

目　錄

借來的生命
—— 中譯《動物農莊》因緣

　　用俗語說，中譯歐威爾的《動物農莊》是我「收山」之作，趁此機會不妨就翻譯這門功課試遣愚衷。我就讀台灣大學外文系的時期（1956–1960），翻譯並不是一門「重頭課」。朱立民老師那時剛從 Duke 拿了英美文學博士學位回來，教一科翻譯，我是四年級生，選了。

　　那年考進台灣各大學的外文系同學，選的科目雖各有名堂，但為了出洋，多把精神放在「實用英語」上。朱老師選了 Arthur Miller 的《推銷員之死》作教材，要我們在堂上輪流即時翻譯。

　　大學畢業後，當年《現代文學》諸子各奔前程，但知王文興留台在外文系任教，白先勇在加州 Santa Barbara 校區教中國語言和文學，我自己的第一件差事則在 Ohio 州的 Miami 大學當講師，時維一九六四年。我跟英譯中國文學的因緣，自那一年開始。

　　在美國大學教授中國語文的教材，歷史悠久，教材多有選擇。相對而言，英譯中國文學，幾乎可說現成的譯本都是「只此一家，別無分店」的陳年舊作。那年頭要介紹《紅樓夢》，唯一可用的教材是老前輩王際真先生的 Anchor Books。一個學期下來，中國泰山北斗的煌煌巨著在一班美利堅合眾國童男童女的心目中

只是一本集爭風吃醋之大成的言情小説。《紅樓夢》為何又可稱作《石頭記》？憑此譯本的簡易文理猜度，實難看出什麼道理來。

　　為了增補中國現當代小説的英譯教材，我跟葛浩文(Howard Goldblatt)教授過去十多二十年合編了多本短中篇小説選給授課老師選擇。

　　在別人翻譯的舊作中選材、修訂和編輯的工作，感覺跟整理自己的舊譯作再版時可不一樣。首先，別人的舊作不是你挑選的，譯文之好壞，亦非你一人能定奪。公事公辦的譯文，沒有譯者投入的「感情因素」，文字看來就會拒人千里。

　　我運氣好，第一本我主動向香港美國新聞處要求翻譯的作品瑪拉末的《夥計》順利出版(1971)。《夥計》故事，簡單説來，是一個「壞人」傷害了他的恩人後拚命追求做補贖的故事，一個非常接近俄國大小説家陀思妥耶夫斯基終生關懷的《罪與罰》情意結發展的因果。夏志清先生論中國新舊小説，認為一大缺憾是宗教情懷之闕如。（李豐楙和廖肇亨合編的《沉淪、懺悔與救度：中國文化的懺悔書寫論集》中「救度」一詞想與「救贖」同義。）

　　本文以「借來的生命」作標題，是一個Confessional Note。我們唸外文系的人，看到人家值得外傳的作品，自己寫不來又想公諸同好，唯一的辦法是自己動手翻譯過來。當年鼓勵我翻譯《一九八四》的人，第一位是我老師夏濟安，第二位是舊交林山木。今日督促我翻譯《動物農莊》的人是多年老友詹德隆(T. L. Tsim)，在此一併謝謝他們給我的鼓勵和支持。「戰爭是和平／自由是奴

役/無知是力量」——這種反常識、反理性的話，一定不能任由它代表真理。「大洋邦」代表的是什麼一種惡勢力，一定得通過翻譯讓世人知道。我的角色，因此只是借歐威爾的生命來扮演他的代言人。

《動物農莊》是《一九八四》的姊妹篇，除我現在準備付梓這個版本外，市上亦看到其他版本，特別是台灣多家出版社印行的。有此一說，一本偉大文學作品的翻譯，每二十年應是一個新世代，因為二十年來的風物、人情、語言在新時代的人聽來看來都「老套」了。此話作不了準則。十九世紀俄國大小說家托爾斯泰等巨匠的英譯幾乎由「奇女子」Constance Garnett（1861–1946）一手包辦。過去十多二十年，新一代俄國文學專家人才輩出，但「奇女子」的英譯沒被淘汰，或取代。不少人就是愛讀她維多利亞式的英文繼續做她的「擁躉」。我翻譯的理由不宏大，只是年初準備再版《一九八四》時的校訂工作令我有衝動接着翻譯這本姊妹作，我想借歐威爾再說一次這個恐怖惡勢力。

在《動物農莊》中，歐威爾把史太林和勢不兩立的對手托洛茨基雙雙變為別號拿破崙和雪球的公豬。因有讀者或BBC的聽眾不時問到：《動物農莊》是不是「反共」作品。歐威爾一直堅持他絕無惡意詆毀「社會主義」事業的意圖，動機不外是為民主西方社會留存一部《警世通言》，好讓他們在種種煽動的、危險的「社會主義」論調中保持清醒、提高警覺。

其實如果拿《動物農莊》作寓言看，折射出來的有關人類和

動物雙雙墮落的層面更見恐怖。動物先瞧不起用兩腿走路的人類，後來亦跟着墮落，自己也學着用兩腿走路。《動物農莊》端的是有關人畜墮落的今古奇觀。結尾一段文字，讀來更像有志怪色彩：

　　十二個嗓門同時憤怒地叫喊着。他們何其相似！如今不必問豬的面孔發生了什麼變化。外面的動物從豬看到人，又從人看到豬，再從豬再到人：但他們已分不出誰是豬，誰是人了。

劉紹銘

二〇一九年十二月十六日

動物農莊

第一章

一天晚上，曼納農莊（Manor Farm）主人鍾斯（Jones）先生離開時如常的給雞舍上了鎖，但因喝多了，竟忘了關上雞舍的活門。他手上的燈籠投射出來的光環飄來飄去。他跟蹌地向前一傾，腳步浮浮地走過院子，在後門甩掉腳上的靴子，再從廚房貯物室的酒桶倒了最後一杯啤酒來喝，最後才摸上床。這時床上的鍾斯太太早已鼾聲大作。

臥室裏的燈光一熄滅，農莊裏的倉舍就傳來一陣陣騷動的聲音。白天早聽說過老少校（Major）（正是那頭白鬃毛模範公豬）前天晚上做了一個怪夢，希望跟大家聊聊。商議的結果是，一待鍾斯先生離開現場，他們就全趕到大穀倉去集合。老少校（大家都習慣這麼叫他，雖然他參加展覽時用的名字是「威靈頓美人」）在農莊深受各人尊敬，大家都願意犧牲一小時的睡眠去聽他有什麼話說。

大穀倉的一頭是一個微拱的平台，老少校早已舒舒服服的坐在上面的稻草上。頭頂上的屋樑懸着一盞吊燈。他已經十二歲了，最近還微微發胖，但看來風采依然。儘管他的獠牙從沒有修剪過，看來依舊相貌堂堂，一面聰明慈祥之氣。沒多久，

農莊內的動物陸續趕來了，各自依照自己舒服的方式安頓下來。最先到來的是三條狗——藍鈴（Bluebell）、傑西（Jessie）和鉗子（Pincher）。跟着來的是豬群，一出現就在平台前的稻草坐下來。母雞在窗台上歇腳。鴿子振翼飛上屋椽。羊和牛躺在豬身後，慢慢反芻起來。拳手（Boxer）和幸運草（Clover）這兩匹拉貨車的馬一起到來，進來時走得很慢。每將快要將毛茸茸的蹄子踏下來時，總是特別小心，生怕一不小心踩着躲在稻草內的小動物。幸運草是匹健碩慈祥的母馬，接近中年了，體形自生下第四胎後一直沒有恢復過來。拳手高頭大馬，個子將近兩公尺，氣力夠得上一般馬的兩倍。他臉上掛着的兩條紋一直延伸到鼻頭，看來有點傻呼呼的，不過實際上他也難說是什麼絕頂聰明人物。但他穩重持平的性格和對工作投入的幹勁才一致贏得大夥兒的尊敬。跟在馬之後現身的是白山羊妙瑞（Muriel）。然後就是那頭驢子班傑明（Benjamin）。農莊裏他年紀最大，脾氣也最火爆。他難得開口說話，但一旦開了口，你就準備聽他的風涼話吧。譬如說，上帝給了他尾巴趕蒼蠅，但他寧願不要尾巴——只要世上沒有蒼蠅。班傑明從來不笑。問他為什麼不笑，他說沒有什麼可笑的。奇怪的是，雖然他從沒公開說過，班傑明對拳手倒是一片忠心。他倆星期天常一起跑到果園的小牧場去散心，一言不發，並肩吃草。

　　兩匹馬躺下不久，一窩失去母親的小鴨子列隊跑進穀倉。他們一邊低聲呱呱的叫着，一邊沒頭沒腦的走來走去希望找到一

個不被別人踩踏到的地方。幸運草看到了，連忙提起粗壯的前腿彎成一道圍牆，小鴨子跟着互相依偎的坐下來，幾乎一下子就睡着了。過了好一會，呆頭呆腦、略有幾分姿色、平日給鍾斯先生拉車的白母馬莫莉（Mollie），終於咀裏嚼着糖塊、踏着碎步駕臨了。她在靠前的地方選了個位置，然後開始甩動着她的白鬃毛，想引起其他動物注意到繫在她鬃毛上的紅飾帶。貓最後出現。一來就一如既往要找最溫暖的地方落腳。最後他只能擠進拳手和幸運草之間的小空間。老少校講話時，他心滿意足地呼嚕呼嚕着，因此一個字也沒聽進去。

除了摩西（Moses），所有動物都先後報到了，摩西是一隻馴化了的烏鴉，正在後門一根棲木上睡覺，老少校看到大家已一一就座，正專心的等着開場，便清了清喉嚨說：

「同志們，你們早已聽說過我昨天晚上做了個怪夢，但這個稍後再說。有一件事我要先說。同志們，我想我能跟你們相處的日子已剩不多了。在我去世前，我想應盡我的責任把此生積聚下來的智慧傳授給你們。我這輩子活得夠長了，晚上獨個兒躺在豬棚裏不斷思考，我想我可以說我對生命本質了解之深切不下於世上任何活着的動物。我要跟你們說的，就是這一點。

「好吧，同志們，請問我們現在過的，本質是什麼一種生活？我們正視現實吧：我們的一生，胼手胝足，苦雨淒風，難得善終。我們出生後得到的食物，僅夠維持我們留着一口活氣。留下來的只要能動的就被迫出盡最後一絲氣力去幹活。一旦我

們的氣力用光了，馬上就遭受慘無人道的方式處決。在英格蘭沒有一頭滿一歲的動物懂得幸福或安逸是什麼意思。在英格蘭沒有一頭動物是自由的。動物一生過的，是被奴役的悲慘生活，這是擺在眼前的事實。

「但這是不是自然法則的一部分？是不是因為我們的國家盡是不毛之地，不能讓生活在這裏的動物過像樣的生活？不！同志們，絕對不是這回事！英格蘭土地肥美，氣候宜人，能以大比數的給現居於此地的動物增加食物供應。單是我們這一座農莊，已夠養活十幾匹馬、二十幾頭母牛、幾百隻綿羊，讓他們過着舒適而又有尊嚴的日子。不消說，這是我們現在無法想像的事。那麼為什麼我們還要繼續在這裏過苦日子？那是因為我們勞動得來的成果幾乎全部給人偷了。同志們，這正是我們全部問題之所在。答案可用一個詞交代——『人類』。『人類』是我們唯一的真正敵人。把『人類』從我們的周圍消滅，我們捱餓和過勞的基本原因就可以永遠解決。

「人是唯一只管消耗、不事生產的動物。他無奶可擠、無蛋可生、氣力不足，拉不動犁頭、行動太慢，抓不到兔子，但他們卻是萬獸之王。他支使動物幹活、給動物吃的東西少得不能再少，僅夠不讓他們餓死。剩下來的留給自己。我們出力耕田犁地、我們的糞便是他們施肥的材料，可是除了身上這副臭皮囊，還有什麼？坐在我面前的幾頭母牛，你們去年產了多少千加侖的奶？這些牛乳本來是用來餵養小生命的，結果怎樣了？每一點滴

都流進了我們敵人的喉嚨。再說你們母雞。去年一共下了多少蛋？有多少孵成小雞？沒有孵成小雞的都賣掉了給鍾斯和他那夥人換了錢。還有你，幸運草。你生的四隻馬兒本應是老年依靠和幸福的所在，可是現在他們在哪兒呢？每一隻在一歲時都賣掉了。這輩子你再不會見到他們任何一隻了。你分娩了四次，你在田裏辛苦了這麼多年，除了少得可憐的飼料和棲身的馬廄外，你還得到過甚麼？

「但即使我們過的是這種犧牲與奉獻的生活，也得不到好報。就我自己來說，實在也沒有什麼好抱怨的，因為我算是運氣不錯的一個。我十二歲了，孩子超過四百多個。就豬來說，這可說是正常的一生。可是不論是哪種動物，最後也逃不過那殘忍的一刀。現坐在我面前的小豬仔們，不出一年，你們都會在屠場內呼叫得死去活來。我們都得面對這種恐懼——牛、豬、雞、羊，全都逃不了。即使馬和狗也一樣劫數難逃。就拿你來說吧，拳手。哪一天你的精壯肌肉開始鬆弛，鍾斯就會把你賣給屠馬戶，他們會割斷你的喉嚨，把你煮熟餵獵犬。獵狗自己呢？到他們老了，牙齒掉了，鍾斯就在他們的脖子上綁塊磚頭，然後在就近的池塘淹死他們。

「那麼，同志們，這夠清楚了吧？我們此生忍受的禍害根源來自人類的苛政上。只有消滅『人類』，我們辛勞得來的成果才能歸我們享有。幾乎在一夜之間，我們可以變得既富有又自由。那麼我們該做些什麼？當然、當然、當然要日以繼夜，全

心全力投入為了推翻人類而工作。同志們，這是我給各位的留言：造反！我不知道會是哪一天起事，可能是過一週，也可能是一百年。但我知道，就像我能清晰地看見腳下這根稻草一樣，正義早晚會得到伸張。同志們，在你們所餘不多的一段日子裏，把注意力集中起來吧。更重要的是，把我囑託你們的話轉告後來的同志，好讓未來的世世代代繼續奮鬥直至革命成功。

「還有，同志們，你們的決心永遠不能動搖。沒有任何說詞可以讓你誤入歧途。誰告訴你們人與動物之間有共同利益，一人得道，餘子升天。全是謊言。除了自身，人類從來沒有為其他動物謀福利。在我們動物之間，在鬥爭時應發揮同志愛、應絕對團結。全人類都是敵人。所有動物都是同志。」

這時突然出現一陣騷動。老少校發言時四隻大老鼠溜出洞口蹲在那裏聽他講話。幾條獵狗一眼看到，要不是老鼠及時竄回洞裏，早已一命嗚呼。

老少校舉起前蹄要大家肅靜。「同志們，」他說：「這一點必須弄清楚。野生動物，譬如說老鼠和兔子，他們是朋友還是敵人？我們來表決吧。我向大會提出這個議題：老鼠是同志嗎？」

表決馬上進行，絕大多數同意老鼠是同志。另有四票反對：三條狗和一隻貓。後來才發現貓投了兩次票，贊成和反對。少校接着說：

「我還有幾句話要說。我只想重申，永遠不要忘記你們的責任：對人和他種種作為的仇恨。所有用兩腿走動的都是敵人。

所有用四隻腳行走、或有翅膀的，就是朋友。還有一點要記住：在跟人類鬥爭的過程中，千萬別到頭來受他們影響。就算你們後來征服了他們，也千萬別染上他們的惡習。既是動物，就不住房子、不睡床上、不穿衣服、不飲酒、不抽煙、不碰錢財、不買賣營商。人類的習慣都是邪惡的。最後，最重要的一點是：任何動物永遠不可以傷害自己的同胞。不論是強是弱、腦袋精明或笨拙，我們都是兄弟。任何動物都不得殺害自己同類。所有動物一律平等。

「同志們，現在我該告訴你們我昨天晚上做了什麼夢。我不能給你們細細描述，總之那是一個人類消失後的世界狀況，讓我想起早已忘卻的一件事。多年前我還是一頭小豬的時候，我母親和別的母豬經常唱一首老歌。這老歌她們只記得曲調和歌詞的頭三個詞。我從小就哼那個調子，不過早已遺忘了。但昨天晚上我在夢中又想起來，連歌詞也一起想起來了。這些歌詞，我敢說，正是很久以前那些動物合唱過的歌，失傳了不知多少世代的歌。同志們，我現在就憑記憶給你們唱唱這首歌。我年紀大了，聲音又沙啞，但一旦我教會了你們唱，你一定會給自己唱得更好。這歌叫〈英格蘭的牲畜〉。」

老少校清了清嗓子，開始唱──。果如他所說，他嗓子有點沙啞，但唱得還可以。這是一首旋律動人的歌，介乎 Clementine 與 La Cucaracha 二者之間。歌詞是這樣的：

英格蘭的牲畜，愛爾蘭的牲畜，
天下一家的牲畜，
事關未來美好黃金歲月
且聽老夫把話傳

時辰早晚會到來
兇殘的人類終會被推翻
英格蘭金光燦爛的田野
但見牲畜自逍遙

我們鼻子鼻環早拋棄
背上配鞍亦免除
馬嚼馬刺齊生鏽
撕膚裂肌的鞭子棄一邊

物產豐饒難點算
小麥、大麥，燕麥、乾草，
苜蓿、大豆和甜菜，
那天到來即歸我輩所有。

陽光普照英格蘭田野
水更清純
風更和順
等的就是我們獲得自由那一天

為那天到來需拼搏

可否成功實難言

牛、馬、鵝、火雞

齊心協力為自由

英格蘭的牲畜，愛爾蘭的牲畜

天下一家的牲畜

細心聽說未來黃金歲月

且把老夫佳音傳

　　這首歌讓各動物陷入無比的亢奮。老少校還差一小段還未唱完，他們就自彈自唱的哼起來了。即使是遲鈍的幾個也已經記得旋律和一些零碎的歌詞。其中像豬和狗這些腦筋比較靈活的，幾分鐘內就把整首歌默記下來。跟着大家練習了幾次，然後齊聲高唱〈英格蘭的牲畜〉。完美的合唱聲響遍農莊。但聞牛哞，狗吠，羊咩，馬嘶，鴨子呱呱。他們愛死了這首歌，一口氣從頭到尾唱了五次，若不是被人打斷，說不定會唱上整個晚上。

　　掃興的是，這場〈英格蘭的牲畜〉的歌聲吵醒了鍾斯先生。他以為院子裏來了隻狐狸，因此從床上一躍而起，一手抓起一直擱在臥室角落的槍，瞧黑暗處射出一發六號子彈。子彈的散粒釘在穀倉的牆上，歌唱大會亦到此告一段落。各動物紛紛溜回自己睡覺的地方。禽鳥跳上枝頭，牲畜蜷縮在稻草中，沒多久整個農莊已進入夢鄉。

第二章

　　過了三晚，老少校在夢中安詳逝世，遺體葬在果園一角。

　　這是在三月初發生的事。接下來的三個月農莊內秘密活動頻繁。老少校傳的「福音」讓莊內智商較高的動物對生命產生了全新的看法。他們不知道老少校預言的革命什麼時候發生，但看來沒理由相信自己在有生之年會看得到。他們清楚的認識到的是，自己有責任為抗爭作準備。教導和組織群眾的任務自然落在豬的身上，因為大家都認為他們是動物中最有智慧的。而其中最傑出的兩頭是公豬，分別叫雪球 (Snowball) 和拿破崙 (Napoleon)。他們是鍾斯先生飼養準備將來變賣的。拿破崙樣子兇猛、大塊頭，也是農莊上唯一的一頭伯克夏公豬。他不善辭令，可是正因常常蠻不講理而佔到便宜。雪球比拿破崙活潑好動，口才了得，言談每見新意。但大家認為，跟拿破崙比較起來，雪球性格缺少的，就是沉實穩重的個性。莊園內的其他豬隻都是食用豬。其中最出名的一隻叫尖聲仔 (Squealer)，胖嘟嘟的長着圓圓的面頰，眼睛炯炯有神，動作敏捷，聲音凌厲刺耳。尖聲仔口齒伶俐，是個不可多得的演說家。當他為一些艱深的議題跟對手爭個不休時，他習慣連蹦帶跳的甩動着尾巴兩邊跑來

跑去。奇怪，這玩意説來真管用，難怪農莊內有幸親歷其境的「好事者」談到尖聲仔時都異口同聲説他有顛倒黑白的能力。

　　這三頭豬把老少校的遺言整理成一套完整的思想系統，名之為「動物主義」。每星期總有幾天晚上等鍾斯先生睡了以後，他們就在大穀倉裏召開秘密會議，向其他動物解説「動物主義」的信條。剛開始時他們不是聽不懂就是對內容毫無興趣。有些寶貝還大談什麼對「主人」應有的忠誠——開口閉口總是説「鍾斯先生管我們吃的。如果他死了，我們就餓死。」還有問到這樣問題的：「我們為什麼還要關心到死後的問題？」或者：「如果暴亂無可避免，那麼我們幹活賣不賣力有什麼關係？」這三頭豬費了好一番唇舌才讓他們明白這些説法是與「動物主義」思想背道而馳的。發言者的問題以白母馬莫莉問得最笨得可以。她問雪球的第一個問題是：「暴亂後還有糖吃嗎？」

　　「沒有，」雪球毫不含糊的説：「農村裏沒有製糖的工具。再説，你也用不着糖了。你將有吃之不盡的燕麥和稻草。」

　　「那我還可以在鬃毛上綁緞帶嗎？」莫莉問。

　　「同志，」雪球説：「那些你着迷的緞帶是奴役的標記。難道你還不懂嗎？自由比緞帶有價值多了。」

　　莫莉唯唯諾諾，雖然聽她語氣有相當保留。

　　其實農莊內三頭豬要面對的困難，要比這個艱巨得多。烏鴉摩西，是鍾斯先生的特殊寵物，聰明伶俐，能説善道，愛搬弄是非。他聲稱知道一個叫糖果山的神秘地方，動物死後都會到

那裏去。摩西說糖果山在天上，離雲層不遠處。摩西還說，在糖果山每週七天都是星期天，一年四季都是苜蓿時節，方糖和亞麻子餅還會長在籬笆上。農莊內的動物對摩西並無好感，因為他只識空談卻從不幹實活。但他們中也有相信糖果山存在的。就是為了要說服這些異見份子，腦筋較靈活的豬隻們不得不大費唇舌跟他們爭論一番。

豬隻中最忠誠的信徒是拳手和幸運草這兩匹拉車馬。他們都缺乏獨立思考的能力，但一旦把豬認作自己的導師以後，便全盤接受導師教給他們的一切東西，跟着還會用簡單的語言把學來的新知傳授給其他動物。大穀倉的秘密會議，他們從不缺席，聚會結束時，帶頭歌唱〈英格蘭的牲畜〉的，也是他們。

現在話分兩頭，暴動來得遠比預期的早，也結束得遠比想像的順利。在過往的日子，儘管作為農莊主人的鍾斯先生生性苛刻，但不能不說他是個精明能幹的農夫。可是最近他交了霉運。打官司賠了錢，使他變得心灰意冷，喝酒越來越多。有時他會一連幾天窩在廚房的溫莎椅上，讀報紙，喝酒，或者把沾了啤酒的麵包碎餵摩西。他的傭工既懶散又不可靠，農田長滿雜草，倉舍屋頂年久失修，籬笆乏人照顧，動物餓壞肚子。

六月，快到乾草收割時節。今年的仲夏夜是星期六。鍾斯先生在威靈頓的紅獅酒鋪喝得晝夜不分，隔天中午才回到農莊。他的傭工大清早擠過牛奶後就出門獵兔去了。完全沒有把餵動物看作一回事。鍾斯先生回到家倒頭便睡在客廳沙發上，臉上

還蓋着《世界新聞報》，動物們也因此一直沒有進食。最後他們也實在受不了。其中一隻母牛用角撞開了貯糧庫的大門。各動物應聲而上，各自分頭從飼料箱取東西吃。這時鍾斯先生突然驚醒。一瞬間，他跟手下的四名傭工趕到貯糧庫，手執皮鞭四邊狠狠的抽打一番。這教餓壞了的動物忍無可忍，大家不約而同的撲向一直折磨他們的狠心主人。鍾斯一夥突然發覺四面受敵，被牴角牴，蹄子踢，形勢已完全失控。他們從沒見過動物有此舉動。這些畜性都曾經是他們隨意鞭撻、即興折磨的動物，現在突然變了樣子，教他們嚇破了膽。才一瞬間，他們決定不再糾纏了，拔腿飛跑。又過了半响，在動物們寧枉毋縱決心的追趕下，鍾斯先生等五個亡命之徒沿着通住大路的車道倉皇逃命。

　　鍾斯太太在臥室看到窗外發生的一切。她匆匆抓了一個毛氈手提袋把揀來的一些細軟塞了進去，跟着便從另一條路亡命逃出農莊。摩西看到，馬上從架子跳起來，呱呱大聲地叫着拍着翅膀跟在鍾斯太太身後。這時，動物已經把鍾斯和他那一夥趕到大馬路上，跟着一把關上柵門。就這樣，在他們還沒有完全覺醒過來前，起義已經完成了，鍾斯已逐出門，曼納農莊屬於動物們了。

　　開頭的幾分鐘，動物們對眼前的好運實難置信。他們幹的第一件事是集體繞着農莊跑一圈，似乎是非如此無以證明農莊內再無人的蹤跡。接着他們回到倉舍，把鍾斯皇朝留下來的絲絲

痕迹徹底清除。他們砸開了馬廄旁的農具棚，把口銜、鼻環、狗鍊以及鍾斯先生用來給豬羊去勢的殘忍利器一一扔到井底去。跟着又把韁繩、籠頭、眼罩和掛在馬脖子上的飼料袋，都通通給丟進院子裏的垃圾堆中，連同鞭子一起，一把火燒了。眾畜牲眼看鞭子在火焰中跳躍，不禁歡呼大叫起來。雪球在市集日總愛在馬兒的鬃毛和尾巴繫上緞帶，現在這些緞帶也給雪球一併扔進火堆裏。

「緞帶呢，」雪球說：「我們應該視為衣服。這是人類的標記。所有動物都該光着身子。」

聽着雪球這麼說，拳手隨手捻起頭上戴着的為防蒼蠅飛近耳邊的小草帽，也一扔扔到火堆去。

沒多久，能讓各動物引起對鍾斯先生思念的東西都毀得一乾二淨。跟着拿破崙帶領他們到貯糧庫去，分發給他們雙份的玉米，每條狗拿到兩塊餅乾。接下來他們唱起〈英格蘭的牲畜〉，由頭到尾一共唱了七遍才安頓下來，甜甜的睡了一夜。

但他們還是天一亮就醒來。猛地想起才過去不久的一段驕人經驗，大夥兒一起往牧場跑。離牧場不遠是一座土墩，站在那裏眺望可以看到大半個農莊的景色。他們一口氣衝到青草地，在清亮的晨光中俯視四周。不錯，農莊是他們的。從這裏目光所及的東西都是他們的。一想到這裏，就興奮得蹦蹦跳跳起來，一躍居然抵達半空。眾動物在沾滿露水的草地上打滾，滿口都是芬芳甜美的夏日青草。有些一腳踢起一塊塊肥美的黑

土，忙着嗅聞着泥土的芬芳。跟着他們在農莊各處巡視一番，看耕地、草地、果園、水塘和樹叢，所見讓他們讚嘆得説不出話來，彷彿從來沒見過眼前的景象。説來即使到了現在，他們還是不敢相信眼前景物已歸他們所有。

　　不久他們排隊回窩棚，在農舍大門前靜靜的停下來。這也是他們的了，可是他們害怕，不敢進去。過了一會，雪球和拿破崙用肩撞開了門，大夥兒才敢排成隊伍，小心翼翼的魚貫而入，走得步步驚心，生怕因自己粗心大意闖禍。他們踮着腳從這房間走到那房間，用比耳語還低的聲音説話，一面用一種近乎敬畏的目光打量着周圍令人難以置信的豪華擺設，羽絨床鋪、鏡子、馬鬃沙發、布魯塞爾地毯，還有放在客廳壁爐台上的維多利亞女王肖像平版畫。他們正要下樓時，發覺莫莉不見了。回頭去找，才看見她待在一間最豪華的臥室裏。她從鍾斯太太的梳妝枱上拿了一條藍緞帶，正拿着鏡子對着肩膊，搔首弄姿的比劃起來。眾動物重重的教訓了她一頓後一起走出來。掛在廚房裏的一些火腿拿去埋了。拳手把廚具貯藏室內的啤酒桶一腳踢破了洞。除此以外，房子裏的東西都沒動過。在場各動物一致通過一項決議：農舍將保留下來作博物館。大家也同意所有動物永遠不得在此居住。

　　動物們吃過早餐，雪球和拿破崙再次下令召集。

　　「同志們，」雪球説：「現在是六點半，接下來時間可長呢。今天我們先收割乾草。不過另外有一件事先得解決。」

　　那三頭領導階層的豬於是告訴了他們，在過去的三個月裏自己怎樣從鍾斯先生孩子扔掉的一本拼寫教科書學會了閱讀和書寫的經過。拿破崙教人取來黑白二色漆料，帶頭去了朝着大路的五柵門。跟着雪球（因為他精於書法）用蹄子的兩個關節夾着擦子，塗掉了大門上的一條橫木上的「曼納農莊」字樣，在原處寫上「動物農莊」這個革新名字。寫完後，他們又回到圈柵，雪球和拿破崙着人拿來一架梯子，把梯子靠在大穀倉的牆頭。三頭豬向眾人解釋說，經過最近三個月的學習，他們已經成功把「動物主義」的原則簡化為〈七誡〉，這〈七誡〉將要刻在牆上，成為動物農莊所有動物必需永遠遵守不可改變的法律。雪球吃力地（豬在梯上平衡體重實非易事）爬了上去，馬上開始工作。尖聲仔在比他低幾格的地方端着油漆桶。在塗上了柏油的牆上有用白色的大字寫成的〈七誡〉，三十碼以外清晰可見。〈七誡〉這麼說：

> 〈七誡〉
> 一、凡是雙腿走路的都是壞人；
> 二、凡是四腳行走或長了翅膀的都是朋友；
> 三、任何動物不得穿衣服；
> 四、任何動物不得臥床；
> 五、任何動物不得飲酒；
> 六、任何動物不得傷害其他動物；
> 七、所有動物一律平等。

〈七誡〉的字體寫得很規矩。偶有筆誤在所難免。譬如說，在雪球的點撥下，「朋友」變了「朋支」。字的拼寫也全部正確。雪球給大家高聲唸了一次。在場所有動物無不紛紛點頭稱善。其中腦筋較靈的馬上開始默誦起來。

「現在，同志們，」雪球扔下油漆刷子高聲喊道：「現在趕到牧草地去！我們要以名譽發誓，我們一定要比鍾斯他們一夥更早完成收割！」

就在這個時分，一直顯得煩躁不安的三頭母牛突然哞哞大叫起來。原來已經有整整一天沒擠過奶了，她們的乳房快要脹破了。三頭豬稍一思索，便教人取來奶桶給母牛擠奶。他們的蹄子很適合幹這種活。過了不久他們便擠了五桶泛着泡沫的乳白牛奶，一下子引了不少動物的視線。

「我們拿這麼多牛奶怎辦？」其中一頭動物發問。

「鍾斯以前有時會在我們的飼料上摻一些奶，」一隻母雞說。

「別管牛奶了，同志們！」拿破崙大聲喊道，一面欺身站到牛奶桶子前面。「這些等會自有安排。收割穀物更要緊。雪球同志會領你們去，我隨後就來。動身吧，同志們。乾草正等着呢！」

就這樣，動物們結隊操步到乾草地去收割。他們晚上回來時注意到牛奶已經不在了。

第三章

　　他們割草時真是賣了老命！但他們的勞力得到極好的報償：收成之豐盛遠比預期的高。

　　有時這些活不易接手。農具是為人類而設的，不是為動物，因為除了人類再無其他動物能操作那些需要靠兩條後腿站着才能開動的機械。這真是一個教人遺憾的缺點。但豬確也聰明伶俐，工作期間每遇困難總能就地找到解決方法。至於馬呢，他們對這塊田地的熟悉可說瞭如指掌。事實上，他們在割草和耙地的操作上遠比鍾斯和他的傭工在行多了。豬其實沒有動手動腳的幹活，只是發施號令指導和監管其他動物。由於他們見聞廣博，自然不久就成了他們當然的領導。拳手和幸運草不用吩咐就自動的套上割草機或馬拉耙機（當然，今天再用不着馬勒或者韁繩了）。他們在田裏拖着沉重的步伐一圈又一圈地走着，豬在後面跟着跑，不時視乎情勢的叫着「同志，加油、加油！」或者大喝一聲「喂！喂！同志，後退！後退！」在晾曬和堆存乾草這一段時間，所有動物，不論尊卑，都積極參與，服從指揮，就連鴨子和母雞也整天在烈日下奔走，吃力地用咀巴銜着一小束乾草來回忙個不停。最後他們完成了收割工作，比鍾斯那夥人

以前幹這活時通常所需的時間早了兩天。這還不止：這是這農莊前所未見的大豐收。更難得的是，半點浪費也沒有。眼睛雪亮的雞和鴨，竟連一根小草梗也不肯放過。農莊上的動物沒有偷吃東西，一口也沒有。

那年夏天，農莊的運作像時鐘一樣規矩。動物們感到快樂因為他們從沒想過可以這麼快樂。每咬一口食物都會感到無比的幸福，一種新鮮的滋味，因為這是自己的生產，不再是刻薄主人的施捨。隨着無用的兩腿寄生動物消失後，四腳動物自然分配到更多東西吃和更多的餘閒，雖然這種生活他們一時也習慣不來。他們遇上不少困難。譬如說：一年年底，收割玉米後，因為農莊裏根本沒有脫粒機和打穀機，他們迫得用古老原始的方法脫粒，再用咀巴把穀糠吹掉。正是憑着那三頭豬的聰明才智和拳手混身是勁的肌肉才一再讓他們化險為夷。動物們對拳手特別欣賞。早在鍾斯時代拳手就以勤奮務實知名，現在他的氣魄看來可以頂得上三匹馬了。有時他的肩膀看來好像背負起整個農莊的工作。從早到晚他拉拉推推的，總會在工作最繁重的地方找到他。他跟小公雞說好，早上要提早一個鐘頭叫醒他。他看到哪兒需要特別幫忙，就往那裏跑。每遇到問題或挫折時，他總愛說：「我會加倍努力」。他已把這句話看作自己的座右銘了。

不過大家幹活，都做到各盡所能的境地。就拿雞和鴨來説吧，虧他們在收割時拾起來的零碎穀粒就有五蒲式耳*之多。大

---

*　蒲式耳（Bushel）穀物和水果容量單位，約為 8 加侖。

家不偷不搶，對配給下來的口糧沒有抱怨。以往大家勾心鬥角、背後罵街、酸氣沖天的日子，家常便飯，今天幾乎可以說是雨過天晴了。沒有人（或者說鮮見有人）偷懶。莫莉的確不習慣早起，更曾用石子卡在蹄子作藉口作早退的理由。說來貓的舉止也夠怪異的。大家不久就發覺到一有工作要做時，貓就不見影踪了。她會一口氣失踪數小時，到晚餐時分再現身。或到晚上所有工作結束後才若無其事的走出來。但她總有自圓其說的藉口，配上輕柔的撒嬌聲，教人不得不相信她的話是可靠的。班傑明這頭老驢子好像自叛變以來沒有絲毫改變，他對工作的態度跟在鍾斯時代完全一樣，做事緩慢而固執。他可說從不偷懶，但也從沒聽說過他自告奮勇做一些額外的工作。有關「起義」事件的前因後果他從沒表示過意見。如果被問到現在鍾斯離開了，他會不會活得比較開心，他只會淡淡的回答說：「驢子命長。你們沒看過死驢子吧？」這答案雖然有點晦隱，大家也只好勉強接受了。

　　星期天休息，不用工作。早餐比平時晚一小時。餐後還有個每週都要出席的儀式。儀式以升旗開始。雪球在農具房找到一塊鍾斯太太的綠色舊桌布，他拿來作旗子，上面畫上白色的蹄子和角，每週日的早晨在農舍院內的旗桿上升起。雪球向大家解釋說，綠色旗子代表英格蘭綠色的廣闊天地，蹄和角象徵推翻人類而成立的動物共和國的未來景象。升旗儀式過後，各動物成群結隊一起進入穀倉集合，稱之為聚會。會議的目的在規劃

下週的工作、提交新議案，跟着就是有關決議的公開討論。問題總是由三頭豬提出，其他動物雖然知道怎樣投票，但就是想不出什麼建議來。辯論過程中，雪球和拿破崙表現得最為活躍，不過大家很容易注意到這兩位的意見永遠相左。甲方提出建議，乙方必定循例反對。就算是早經通過的議題──一個本身無可非議的方案──譬如說把果園後邊那片小圍場留作退休動物之家，這建議本身可說設想周全，可是在會上大家仍因爭論動物應有的退休年齡而吵個不休。每次聚會總以高歌〈英格蘭的牲畜〉結束。下午是自由活動。

三頭豬把農具室改裝成自己出入的總部。晚上他們就在這裏研讀從農舍找來的有關打鐵、木工和其他求生須知的書籍。雪球忙着把其他動物組織起來稱為動物委員會。看來他樂此不疲。他為母雞成立了雞蛋生產委員會、替牛創立了「潔尾」聯盟。還有專門為馴化老鼠與野兔而設的野生同志再教育委員會。此外還有專為綿羊而設的純白羊毛運動和其他花樣百出的名堂。當然雪球還是識字班的創辦人。整體來講，這種種計劃都以失敗告終。我們可用馴服野生動物這計劃做例子。計劃實施後，他們依然故我。如果你對他們特別禮遇，他們就不客氣了，好意照收不誤。貓是再教育委員會一分子，開頭的一段時間表現得非常活躍。有動物看見她坐在屋頂，對着伸手不及的麻雀說話。她說所有動物現在都是同志，只要願意，任何麻雀都可以在她掌上休息。可是麻雀還是跟她保持一段距離。

　　識字班倒是成績斐然。入秋時幾乎所有農莊內的動物都可以在某程度上說得上粗通文墨的了。

　　三頭豬能讀能寫。狗的閱讀能力很不錯，可是除了熱中於〈七誡〉的文字外，其他的書寫一概不感興趣。山羊妙瑞的閱讀能力比狗勝一籌，有時她拿着從垃圾桶搶來的零碎舊報片段在晚上唸給其他動物聽。班傑明的閱讀能力可說跟豬平起平坐，但他從不善用這方面的能力。他說就他所知，沒有什麼東西值得過目的。幸運草把全部字母都學會了，就是沒法把字母拼成字。拳手對字母的認識僅及於D。他會用大蹄子在地上描畫出A、B、C、D四個字母，然後豎起耳朵站在那裏盯着這四個字母看。有時擺動額前的鬃毛，吃力地回想接下去的究竟是什麼字母，卻總也想不起來。的確，有好幾次他終於把E、F、G、H學會了，但是學會了記住這四個字母，卻發覺已忘了A、B、C、D。最後他決定能夠記得前四個字母已很不錯了，於是每天練習一兩次來加強記憶。莫莉除了組成她名字的六個字母外，拒絕學習任何新東西。她會用樹枝工整地排出這幾個字母，還會放上一兩枝鮮花來標誌自己的名字，跟着繞着這花飾跑兩個圈表示自己多欣賞。

　　農莊上的其他動物學習字母以A為極限。大家還有新發現，那些腦袋不靈光的動物如綿羊、母雞和鴨連〈七誡〉都記不牢。經過一番深思熟慮後，雪球宣佈〈七誡〉其實可以簡化成一條定律：「四腳的確好、兩腿心腸壞。」他說這格言涵蓋了動物主義的

基本精神。誰對此精神有透徹的了解，將免除人類污染的災難。鳥類動物本來反對，因為在他們看來鳥類也是兩腿動物，但雪球一下子就給他們證明其實不是。

「同志們，」他說。「鳥的翅膀是飛行器官，不是操縱的工具，因此應視為腿。人類最顯著的特徵是他的手，什麼壞事都做得出來。」

禽鳥雖然聽不懂雪球的長篇大論，但他的解釋卻聽得下去，也因此地位稍見卑微的小動物很快就用心把新學來的格言記起來。「四腳的確好，兩腿心腸壞」也大刺刺的書寫在穀倉牆上〈七誡〉的上方。羊群剛學會了背誦格言後就高興得不得了，躺在田野時常一起咩咩的叫着「四腳的確好，兩腿心腸壞！四腳的確好，兩腿心腸壞！」這樣一叫就叫上幾個鐘頭，從不言倦。

拿破崙對雪球組織的委員會興趣不大，他認為教育年輕的一代的工作比為成年動物所做的工作更為重要。剛好收割完不久傑西和藍鈴就生下了九頭健壯的小狗。小狗一斷奶拿破崙就把他們帶走，說是要親自負責他們的教育。他將小狗安置在閣樓，一個需要從農具房搭梯子才能上去的地方。小狗關在這麼隱蔽的空間沒多久就被其他動物遺忘了。

牛奶失踪之謎謎底不久就有答案。原來每天都摻進了豬食中。青澀蘋果漸見成熟，果園的草地上滿是樹上掉下來的蘋果。動物們本以為這些果子將平分給他們享用，誰料一天一道指令突然下來，吩咐大家把地上的蘋果收好送到農具室給豬享

用。有些動物聽了私下抱怨，但於事無補。所有豬隻，包括雪球和拿破崙，對此均無異議。他們還派尖聲仔訪問其他動物做些必要解釋。

「同志們，」尖聲仔喊道：「你們不會以為我們這麼做是自私行為和特權思想的表現吧？實際上我們有不少同志不喜歡牛奶和蘋果的。我自己就是這樣子。我們吃喝這些東西的唯一理由就是增進我們的健康。牛奶和蘋果（同志們，這有科學根據）含有健康豬隻不可或缺的重要養份。我們豬隻是腦袋工作者，負責整座農莊的管理和組織，不分晝夜捍衛各位的福祉。因此我們是為了你們才喝牛奶吃蘋果的。你們可知道如果我們不能工作，有什麼事會發生？鍾斯會回來！不錯，鍾斯會回來！同志們，事實正是如此！」尖聲仔蹦蹦跳跳，擺動尾巴，一邊用幾乎是懇求的聲音叫道，「你們誰也不想看到鍾斯回來吧？」

好吧，如果說有一件事情各動物可以全無異議的，那就是他們絕對不想鍾斯回到農莊來。尖聲仔的話說得再清楚不過，他們真的無話可說了。豬的健康一直得保持最佳狀態，這是再明顯不過的頭頂大事。因此在再無爭論的情況下一致通過牛奶和被風吹落的蘋果（以及大部分成熟採下的蘋果）只供豬享用。

第四章

　　長夏將盡時，有關動物農莊的各種變故傳遍了半個威靈頓郡。每天雪球和拿破崙遣派一群群的鴿子跟附近的動物往來，告訴他們有關叛亂的經過，教他們高歌〈英格蘭的牲畜〉。

　　在這段日子裏，鍾斯先生大多耽在威靈頓的紅獅酒吧混日子，逢人便大發牢騷，說自己怎樣受到極不公平的待遇，竟然被一班沒出息的廢物趕出自己的農莊。其他農夫對鍾斯的遭遇基本上是同情的，但開始時並沒有給他什麼實質的幫助，只暗自計算能不能從對方的不幸給自己撈點油水。幸好跟動物農莊相鄰的兩個農莊主人關係壞得簡直像冤家。其中一座農莊叫狐林（Foxwood），佔地很大，但疏於照顧，看似舊式農莊。莊內雜草叢生，牧場荒蕪，樹籬年久失修。莊主皮金頓（Pilkington）先生是個生性隨和彬彬有禮的紳士農夫。一年中他大部分時間不釣魚就打獵，看季節和天氣而定。另一座農莊叫品奇菲爾德（Pinchfield），規模較小但管理較好。莊主叫弗德雷克（Frederick），精明能幹，事事斤斤計較，難怪一年到晚官司纏身。這兩位莊主誓不兩立，從不妥協，即使請他們坐下來談談有關他們的共同利益也難成事。

　　但也有例外，這兩位莊主得知動物農莊發生的叛變事故後，震驚得不得了，急着要防止自己的牲畜聽到風聲。起先，他們裝模作樣的嘲笑一下，嘲笑動物當家作主的想法。不消半個月，他們說，這鬧劇就收場了。他們不斷跟外間說曼納農莊（他們不能忍受「動物農莊」的稱呼）的動物內鬥激烈，快要餓死了。後來隨着時間消逝，那裏的動物顯然沒有餓死。於是兩位本來是老死不相往來的莊主只得改變論調，加重語氣的談論當前動物農莊處處可見的各種醜惡罪行。他們說裏面的動物弱肉強食，用燒紅的馬蹄鐵互相折磨，把雌性動物共有分享。兩位平日互不打招呼的莊主現在卻異口同聲的說：「這些都是違背自然法則帶來的後果。」

　　然而大家對這種說法只是半信半疑。傳聞總有此一說：有座神奇妙曼的農莊，人類早給趕走了，動物們自己管理家務。這些小道消息如此這般四處散播，越傳越見虛妄不實。就在那一年，抗爭浪潮風起雲湧，席捲其他農村地區。一向馴良的公牛突然變得野蠻兇猛，羊群踏壞籬笆、吃光苜蓿，乳牛踢開奶桶，獵馬拒絕躍過障礙物，反而把騎師甩到一邊。最值得一提的是，〈英格蘭的牲畜〉的曲調甚至歌詞已遍傳各地，以驚人的速度播送出來。人類聽到這首歌時便怒火沖天，雖然他們表面假裝不屑的說這是首荒唐可笑的歌，搞不懂為什麼動物會唱這種垃圾歌。任何動物唱這首歌被捉個正着都會當場捱打。但〈英格蘭的牲畜〉這首歌是禁不絕的。烏鶇在樹籬間唱、鴿子在榆樹的

枝椏間唱，他們的歌聲跟鐵匠店的叮噹聲和教堂的鐘聲混為一體。這首歌傳送到人類的耳朵後，他們暗自發抖，好像聽到自己的末日的喪鐘。

十月初，穀物已經收割堆放好，有些還退了殼。一群鴿子疾飛而來，十分激動的落在動物農莊的院子裏。鍾斯和他的全部手下，還有來自狐林和品奇菲爾德兩個農莊的六個壯丁已先後進了柵門，正踏上通往動物農莊的車道。他們都拿着棍子，除了走在前面領頭握着槍的鍾斯。他們顯然要奪回農莊。

動物們料到，這是早晚要發生的事。各種預防工作亦早準備好。雪球早前在農舍找到一本有關凱撒大帝各種戰役的舊書，曾經仔細的讀過，現在正好負責保衛農舍的工作。果然，他發施號令後不到幾分鐘，已見動物圈子中各路人馬各就各位。

鍾斯那夥人迫近倉舍之際，雪球發動第一輪攻擊。所有鴿子，大概有三十五隻左右，在那夥人頭上飛來飛去，在空中向他們身上拉屎。正當人類忙着應付鴿子的突襲時，埋伏在籬笆後的鵝一氣衝出來瞄着人類的小腿猛啄。不過這不過是一個小規模的遭遇戰，目的在製造一些混亂，人類拿着棍子便輕易趕走鵝群。雪球現在發動第二輪攻勢。妙瑞、班傑明和全體綿羊由雪球帶領衝前，四面八方對人類又撞又刺，只有班傑明轉過身來用蹄猛踢他們。可是，手裏拿着棍子、腳上穿着平頭釘靴子的人類，再次佔了上風。突然，雪球尖叫一聲，示意大家逃命，動物們也跟着轉身從大門竄回院子裏。

　　人類得意歡呼大叫。他們以為看到敵人已作鳥獸散，便零零星星的在後面追趕。這正在雪球的軍機計算之內。人類一進院子，原先埋伏在牛棚裏的三匹馬、三頭牛和其餘的豬隻突然從後包抄，截斷了他們的退路，雪球此時發出進攻號令，率先衝着鍾斯撲過去。鍾斯見他迎面而來，舉槍放了一響，鉛彈在雪球的背部擦了幾度血痕，一隻綿羊應聲倒地。雪球一刻也沒有耽誤，二百一十磅的身軀略一欠身便撞向鍾斯的腿。鍾斯應聲翻倒在一個糞堆上，手裏的槍也丟了。最教人驚心動魄的是拳手。他像一匹牡馬一樣，後腿撐着站起來，用巨大的鐵蹄蹬人，甫一出擊便正中狐林農莊一個馬伕的頭。他趴在泥地上再無聲無色了。幾個漢子見狀慌忙扔下手上的棍子便想逃命。他們嚇壞了。不到一下子又看到眾動物追着滿院子跑。他們被頂、被踢、咬、踩。農莊內沒有一隻動物不以自己報仇雪恨的方式來報仇。但見貓突然從屋頂跳到一個養牛人的肩膊上狠抓他脖子，教他痛得喚爹叫娘。後來看到門口沒被動物擋着，人類心中暗喜，趁機衝出院子，向大路逃竄。就這樣，在他們進攻後的五分鐘以內，就順着來時路灰頭灰臉的趕着撤退。鵝群嘶嘶的叫着在後面追趕，一路啄着他們的小腿。

　　那夥人跑光了，除了一個。回到院子裏拳手用蹄子撥弄那個臉朝下浸在泥巴上的馬伕，試着要把他翻過身來。那孩子卻紋風不動。「他死了，」拳手傷心地說，「我沒想到要殺他，我忘了我穿了鐵蹄，但誰會相信我不是有心的呢？」

「同志，別婆婆媽媽了！」雪球喊道，他的傷口還在滴血。「打仗就是打仗。人只有死了才能算是好人。」

「我沒想到要殺生，就算是人我也不想開殺誡。」拳手眼含淚水，一再重覆這句話。

「莫莉呢？」有動物突然大聲問道。

莫莉失踪了。大家都特別緊張，擔心有人對她不利，或者已把她擄走。事實是，大家最後在莫莉的馬廄裏找到她，她躲在裏面，頭埋在馬槽乾草中——原來莫莉在槍響時就逃命了。別的動物找到她後返回院子時這才發現，馬伕當時其實只是嚇昏了，醒來後趁大家找尋莫莉時溜走了。

這時，眾動物在無比興奮的心情中重新集合，大聲細數自己在這次戰役中的戰功。一場即興的勝利慶祝大會立即展開。他們升起了旗幟，跟着唱了幾遍〈英格蘭的牲畜〉，最後還給那隻慘遭殺害的綿羊舉行莊嚴的葬禮，在他墳前種了山楂樹。雪球在墓旁簡短的說了話，強調在必要時所有動物都該準備為動物農莊犧牲自己的生命。

動物們一致通過設立「動物英雄一等勳章」軍事勳章，並且還當場授給雪球和拳手。勳章是一枚黃銅製品（其實就是農具房內找到的舊黃銅馬飾），可在星期天及假日佩帶。此外還有「動物英雄二等勳章」，追授那頭死去的綿羊。

這場戰爭如何定名？這是個動物們討論得非常熱烈的問題。最後決定定名為「牛棚之戰」因為伏擊的地點就在那裏。他們在

泥濘裏找到鍾斯先生的槍，他們還知道農舍裏還有彈藥，於是決定在旗杆底下像炮一樣的把槍架起來，每年發射兩次 ——一次在十月十二日，即「牛棚之戰」的周年紀念日；一次在夏至節，即革命周年紀念。

第五章

冬天快到，莫莉變得越來越討人厭。她以睡過頭為藉口，天天幹活都來遲。她常抱怨說身體沒由來的這裏不舒服那裏不舒服，可是胃口卻出奇的好。她還會用各種託詞逃避工作，跑到飲水池邊傻呼呼地凝視自己的倒影。但從謠言聽來的比這個還嚴重得多。聽說一天正當莫莉甩動長尾巴、嚼着一根乾稻草、漫不經心的走進院子時，幸運草把她拉到一旁。

「莫莉，」幸運草說：「我要跟你談談一件很重要的事。今天早上，我看到你往動物農莊和狐林農莊之間的籬笆那頭張望。皮金頓先生的一個手下站在樹籬那頭。我離得很遠，但我幾乎可以肯定我看到了，他在跟你說話，你讓他摸你的鼻子。莫莉，這算什麼一回事？」

「他才沒有！我也沒有讓他！那不是真的！」莫莉大聲叫道，接着來回踱步，用前蹄刨着地面。

「莫莉，你望着我說話，你願意發誓那人沒摸過你的鼻子嗎？」

「他沒有！他沒有！」莫莉一再重覆的說，卻不敢直視幸運草，然後就拔蹄往田裏跑。

　　幸運草突然心頭一動。她沒有跟別的動物交代，逕自往莫莉的馬廄方向跑，用蹄子翻草地，結果在下面找到一小堆糖塊和幾束不同顏色的飾帶。

　　三天後莫莉失踪了。一連好幾個星期下落不明。後來鴿子傳訊，說在威靈頓鎮的另一邊看到她。她套在一輛漆成紅黑兩色、停在一間酒館外的馬車前面。一個身穿方格子馬褲和綁腿、臉紅體胖看來是酒舖老板的男人，一邊摸着莫莉的鼻子，一邊餵她吃糖。她的鬃毛剛修剪過，額毛上繫着一條紅緞子飾帶。鴿子回報説莫莉看來自得其樂，而從此以後所有動物對莫莉再絕口不提了。

　　一月的天氣變得十分惡劣。大地硬得如鐵塊，田裏寸草不生，什麼活也幹不了。在大穀倉開了多次會後，豬都忙着為下季制定工作計劃。全體動物均已接受豬顯然比其他動物都聰明這事實，所以農莊上的所有政策問題均由豬來決定，雖然程序上還是要先獲得多數贊成票通過才能作準。這樣一種安排本應可行，要不是雪球和拿破崙兩人「勢不兩立」。只要有可能出現意見分歧的地方，這兩頭「當權派」的豬一定各執己見。一個建議多種大麥，另一位必會誓死反對，要多種燕麥。一個說哪塊地很適合種卷心菜，另一位準會堅持只能種根莖作物。兩頭豬各有自己的信徒，雙方有時爭持得非常激烈。在大會上，雪球口若懸河，每能贏得動物群眾的支持。拿破崙的強項是精於休會期間為自己拉票，因此他在綿羊圈子很有地位。最近綿羊族群

隨時隨地不問情由的高叫「四腳的確好、兩腿心腸壞」的口號，常常因此導致會議中斷。有細心的動物注意到，當雪球講到核心問題時，他們很可能會突如其來的發出「四腳的確好，兩腿心腸壞」的咩咩叫聲。雪球仔細研究了幾本在農舍找到的《農莊主人和畜牧業者》的過期雜誌，滿腦子是改進與革新的計劃。他見聞廣博，隨口說到農地排水溝、飼料保鮮和鹼性爐渣等術語，說得頭頭是道。他還擬出一套複雜的制度，讓所有動物每天在不同的地點把排泄物直接排在田裏，以精簡直接的方法運輸節省勞力。拿破崙什麼創業大計也沒有，但會靜悄悄的說雪球的大計根本是白費心機，裝出一副走着瞧吧的坦蕩樣子。他們不斷爭辯，但是最激烈的一次該算有關風車的建造計劃了。

　　在狹長的大牧場上，有一土墩，離農莊的窩棚不遠，是農莊的制高點。雪球勘察過後，宣佈說那裏是安裝風車最理想的地方。風車可帶動發電機、發電機可給農莊提供電力，因此可以在畜欄裏用電燈在冬天取暖。此外還可帶動圓鋸、鍘草機、切片機和電動擠奶機。這種種名堂動物以前都沒聽說過（因為這是個舊式農莊，只有最原始的機械）。當雪球繪形繪聲地描述那些神乎奇技的機器用途時，加重語氣的說這些機器可以在他們低頭吃草時、或在他們讀書靜坐修心養性時幫他們幹粗活。

　　不出幾個星期，雪球為風車制訂的方案已全部擬好了。機械方面的資料大多來自鍾斯先生的三本書：《改善家居益事千條》、《瓦工自己來》、《包工手冊》。雪球把一間以前孵小雞的窩

棚當做工作室，裏面鋪着光滑的木地板，方便畫圖。雪球把自己關在那裏一關就幾個小時。他用石頭壓着打開的書，蹄子的兩趾間夾着一截粉筆，俐落地來回走動，一邊畫着一道接一道的線條，一邊興奮地輕聲驚喜嘆叫。漸漸地，設計圖演變深入到有大量曲柄和齒輪的複雜部分，佔了地板一半以上的位置。別的動物看了只知嘆服，卻一竅不通。他們每天至少來一次看看雪球的繪圖。母雞鴨子也都來了，小心翼翼的，生怕踩到粉筆線條上。只有拿破崙不關心。他一開始就宣佈自己反對建風車。然而有一天，他出乎意料之外出現了。他一聲不哼地在房內繞圈，仔細翻閱設計圖上每一個細節，偶爾還大聲地呼哧呼哧的抽鼻子。他站了一會兒，用眼角端詳着，突然抬起腿，向設計圖撒了一泡尿，然後一言不發，揚長而去。

　　整個農莊對要不要建風車一事意見紛紜。雪球從未否認過這是一件繁重的工程。首先要採石成牆，製造風車葉片，另外還需要發電機和電纜。(這些東西怎樣來哪裏來雪球倒沒有交代。)但他非常肯定的說這項工程一年內可以完成。大功告成後，他說，因為節省了大量的勞力，動物們每週只要幹三天的活就夠了。拿破崙當然另有看法。他說當務之急是糧食增產。如果還在風車問題上浪費時間，他們準會全部餓死。動物們在這問題上分成兩派，各有各的口號：「支持雪球，每週幹活三天」、「支持拿破崙，天天管吃飽」。班傑明是唯一不靠邊的動物。他既不相信食糧會變得更充裕，也不相信風車會讓動物只幹三天的

活。他說，風車不風車，日子還不是像從前一樣的過下去。那就是說，苦哈哈的過下去。

除了有關風車的爭執，還有一個關於農莊的防禦問題須待解決。大家都很清楚，人類雖然在牛棚大戰中吃了敗仗，說不定他們為了奪回農莊讓鍾斯先生復辟，他們或會發動一次更兇猛的進犯，因為他們受挫的消息已遍傳鄉間，導致鄰近農莊的動物看來都有點蠢蠢欲動的姿勢。雪球和拿破崙的關係一如既往的勢成水火。依拿破崙說的，動物最急切要做的是盡快武裝起來，馬上訓練自己學會使用武器。依雪球所說，他們應該放送更多的鴿子到其他農莊去煽動其他動物造反。有動物說如果他們無力自衛，就必定會被征服。另有一位卻說如果起義四起，他們再無自衛之必要了。動物們先聽拿破崙怎麼說，再聽雪球的，究竟誰對誰錯，竟一時拿不定主意。說真的，他們總是發覺自己當時在場聽誰在講話，就會認同誰的觀點。

終於等到這一天：雪球的設計圖完成了。在接下來的星期天大會上，是否開始動工建造風車這議題得由大會表決。當眾動物在大穀倉裏集合完畢，雪球站起來。羊的咩咩聲很吵，但他還能冷靜地提出了他熱中於建造風車的理由。跟着拿破崙站起來回應，他心平氣和的說建風車是天方夜譚，他奉勸各位不要上當，說完就馬上坐下來。他發言不過半分鐘，看來對自己的話有什麼反應也漠不關心。雪球聽了，騰地跳起來，厲聲喝住那群又要咩咩亂叫的羊，然後滔滔不絕的陳述風車的各種好處，

請大家大力支持。在此之前，各動物對雪球和拿破崙二者間的感情認同幾乎可以說是不分彼此，但經過雪球剛才的滔滔雄辯，一下子就認同了雪球有關風車的說法。雪球用感情充沛的語言描述當動物擺脫了沉重的勞動負荷時的動物農莊景象。他的想像力早已超越鍘草機和切蘿蔔機。他說電力能開動脫粒機、犁、耙、輾子、收割機和捆紮機。除此以外，電力還能給每個馬廄牛棚提供電燈、熱水或冷水和一個電爐。他話說完後，投票的結果如何，應該不難猜度了。就在這時候，拿破崙站起來，怪異地瞥了雪球一眼，發出一聲從來沒人聽過的凌厲嘶叫。

　　跟着外面傳來一陣兇狠的吼叫聲，九條碩大、戴着青銅飾釘項圈的大狗衝進大穀倉裏來直撲雪球。雪球原地奮力一躍，躲過他們的撕咬，一下跑到門外，狗就在後面追。動物們都嚇呆了，個個變了啞巴，一起擠到門外觀看這場追逐。雪球飛奔穿過通向大路的牧場。他使盡豬的能量拼命地跑，但狗已跑得接近他的後腿了。突然間，他滑倒了，眼看就要被惡犬逮個正着，可是他又重新站起來，跑得比以前更快。狗又一次撲上去，其中一條幾乎咬着雪球的尾巴，幸而雪球及時甩尾才得脫險。接着他又一個衝刺，和狗相距不過一步之差，從樹籬間一個缺口擠了出去，從此消聲匿跡。

　　動物們嚇破了膽，靜悄悄的爬回去大穀倉，可是不多久，那些狗又跑回來了。剛開始誰也想不出這幾頭畜牲是從哪兒來的，但不一會就弄清楚了：他們正是拿破崙從他們母親身邊帶

走、被偷偷養大的狗孩子。他們雖然還未完全長大，但塊頭可真不少，長得像狼一樣兇猛。他們緊挨着拿破崙，一直對他搖尾巴。大家開始注意到，這幾條狗對拿破崙搖尾巴的樣子，正像以前鍾斯的狗向主人搖尾巴的模樣相似。

拿破崙在那群狗前呼後擁下登上了那個當年老少校發表演說的高台。他宣佈：從今以後，星期天早晨的大會從此告終。那些會議毫無必要，又浪費時間，他說。將來所有有關農莊運作的程序，將由一個豬組成的特別委員會定奪。這委員會將由他親自統領。這委員會將私下碰頭，商議後會把有關決定傳達給其他動物。動物們星期天早上還要集合，向農莊旗幟敬禮，唱〈英格蘭的牲畜〉和聽取有關下週工作的安排。但再沒有什麼勞什子的辯論了。

本來雪球被逐已夠讓動物震驚的了，但他們聽到拿破崙在大會所作的報告後依樣感到茫然不解。有幾隻動物本來想到要抗議，可惜就是想不到適合的辯詞。甚至拳手也被搞糊塗了。他支起耳朵，抖動額毛，結果還是不知事情該從哪裏說起。然而有些豬倒是咀巴伶俐的。在前排的四頭小肉豬就很不以為然的尖聲怪叫，全都跳起來準備發言。突然，圍坐拿破崙旁邊的那幾條狗正發出恐怖的咆哮聲，四頭肉豬見狀只好閉咀重新坐下來。這時羊群猛地咩咩亮聲叫起「四腳的確好，兩腿心腸壞」的口號，一直維持了十五分鐘，打消了任何討論正事的機會。

事後尖聲仔受命在農莊轉了一圈，就這個新的安排對各動物作一解釋。

「同志們，」他說：「我相信在這兒的每一位都會感謝拿破崙同志為承擔這額外的工作所做的犧牲。同志們，別以為當領導是件開心事，事實剛好相反。這是一項艱難而煩重的工作。沒有誰比拿破崙更堅信所有動物一律平等。他也確實願意讓大家自己當家作主。怕的是你們會一時失誤，錯作決定，那我們怎辦？譬如說你們當初相信有關風車的八道胡說，支持了雪球，現在怎辦？雪球這廝，現在我們搞清楚了，根本是騙子。」

「他在牛棚大戰中身先士卒。」有動物說了話。

「光靠勇氣是不夠的，」尖聲仔說：「忠誠和服從更為重要。說到牛棚大戰，我相信早晚有一天我們會發現雪球在這場戰鬥中的作用太言過其實了。紀律，同志們，鐵的紀律！這是我們今天的口號。只要錯一步，我們的敵人便會淹沒我們。同志們，你們不會讓鍾斯回來吧？」

這樣一種論證方法，真教人左右為難，實難置答。眾動物當然不要鍾斯回來。如果星期天早上舉辦辯論會的後果是招致鍾斯回朝，那麼別再辯論了。拳手把眾人的意見考慮了一下，就說：「既然拿破崙同志這麼說，那就一定對。」從此，拳手就用「拿破崙同志永遠正確」這格言，作為對他個人的座右銘「我會加倍努力」的補充。

大地回春，天氣變暖，春耕開始了。雪球曾在那兒畫風車

設計圖的小窩棚還一直封閉着，大家猜想那些地板上的設計圖早已擦掉了。每星期天上午十時，動物齊集大穀倉接收他們下週的工作指示。老少校那個風乾了的顱骨也從果園裏挖了出來，放在旗桿下的一個樹墩上，就在那把槍旁邊。升旗後，動物們要按規矩必恭必敬地列隊經過那個顱骨，然後才能走進大穀倉。現在他們不像從前那樣坐在一起了。拿破崙、尖聲仔和一個叫梅尼繆斯 (Minimus) 的豬，他們一起坐在前台。這個叫梅尼繆斯的才識過人，尤精於譜曲作詩。九條壯犬圍着他們成半圓形坐着，別的豬坐在後面，其他動物面向他們坐在大穀倉中央。拿破崙像個當兵的粗聲粗氣地宣佈了有關下週功課的安排，然後全體高歌一遍〈英格蘭的牲畜〉便宣告散會。

雪球被逐後的第三個星期天，動物們聽到拿破崙宣佈說要建風車，驚奇之餘，更覺得難以置信。拿破崙隻字不提為什麼他改變主意，粗略地警告他們這項額外的任務意味着異常艱巨的工作。說不定得要減少他們的定量食糧。計劃已全部準備就緒，各項細節也具體落實了。過去三週，一個由豬組成的特別委員會一直為此忙着。風車的建築，加上諸如此類的各種改進，預計要花兩年時間完成。

當天晚上，尖聲仔私下跟其他動物解釋，說拿破崙從來沒有認真反對過建風車。實情是最先提議建風車的正是拿破崙。那個雪球在窩棚地板上畫的設計圖，實際上是從拿破崙文件中偷去的一部分。事實上，風車是拿破崙自己的設計。有動物問：那

麼當初為什麼他對風車攻擊得如此不留餘地？尖聲仔這時顯得非常圓滑的回答說，這正是拿破崙同志老謀深算的地方！他讓人看來反對興建風車，那是因為這是除掉雪球的一種手段。現在既然雪球已經蒸發了，計劃可在沒有他的干擾下順利進行。這種做法，尖聲仔說，就是所謂策略。他重複了好幾遍，「策略，同志們，策略！」一邊說着一邊帶着得意的笑聲，甩動着尾巴亂蹦活跳一番。動物們搞不清「策略」是什麼意思，可是尖聲仔說得這麼似模似樣，剛好湊巧伴着他來的三條狗又叫得那麼氣勢洶洶，他們因此沒有再問什麼就接受了尖聲仔的解釋。

第六章

那一年下來，動物們幹起活來就像奴隸一樣賣命。但他們樂在其中，不遺餘力，也不怕犧牲，因為他們深知幹的每一件事出發點都是為了利己，同時也是為了自己的子孫後代，而不是為了那夥飽食終日、男盜女娼的人類。

從初春到夏末，他們每週工作六十小時。到了八月，拿破崙又宣佈星期天下午也要加班。工作是自願性的，不過任何動物缺勤，口糧將會減半。但儘管如此，大家還是發現有些工作就是沒法做完。收穫還是比去年差一些。再說，因為耕作沒有及早完成，本來應該在初夏播種根莖作物的兩塊地也沒有種成。可以預見的是，即將來臨的冬天將是一個更艱難的季節。

風車的建造遇到意想不到的困難。照理說，農莊本來就有一個質地不錯的石灰石礦，又在一間小屋裏發現了大量的沙子和水泥，所以可以說所有的建築材料齊備了。但問題是：動物們開始時不知道怎樣把石頭弄碎到適用的大小。除了動用鶴咀鋤和鐵鍬，看來別無他法。動物們無法使用這兩種工具，因為他們不能用後腳站立。乾焦急了好幾個星期後，虧得有動物想出

了一個好主意，就是利用重力作用。採石場到處都是巨型圓石，大得無法直接利用。動物們於是試着用繩子捆綁住石頭，然後齊心協力，牛、馬、羊以及所有能抓住繩子的動物湊在一起——豬也不例外，關鍵時也要伸出援手——他們一起拖着石頭，半步一步慢慢地沿着斜坡拖到礦頂，然後把石頭從邊上推下去，在底下石頭摔成碎塊，這一來運輸的問題就簡單多了。馬駕着滿載的馬車運送。羊一塊一塊的拖。就連妙瑞和班傑明也套上一輛輕便的兩輪馬車，盡自己的一點心力。到了夏末，石頭已經積存得差不多了，於是在豬的監督下，興建風車的工程就破土動工了。

但是整個採石過程卻異常緩慢，歷盡艱辛。把一塊圓石拖到礦頂，常常要傾盡全力幹上一整天。有些時候，石頭從崖上推下去了，卻沒有摔碎。要是沒有拳手從中幫忙，不然什麼事也幹不了。他的氣力好像相當於其他動物加起來的總和。每當石塊開始向下滑，動物們發覺自己被拖下山坡放聲哭喊時，總多虧拳手及時拉住繩索得以死裏逃生。看着他蹄子尖緊扣着地面，一英寸一英寸的吃力地爬着山坡：看着他呼吸急促，龐大的身軀浸透了汗水，動物們無不滿懷欽佩與讚嘆之情。幸運草不時提醒他小心身體，不要過勞了，但他哪裏聽得進去？對拳手來說，「我會加倍努力」和「拿破崙同志永遠正確」這兩句口頭禪足以應對任何難題。他已經跟那隻小公雞說好，把原來每天早晨提前半小時叫醒他改為前三刻鐘。他略閒下來時（雖然近來這樣

的時間並不多）會獨個兒到採石場去，不靠誰的幫忙，親自裝好一車碎石，拖去倒在風車的地基上。

　　這年夏天，儘管眾動物工作苦不堪言，境況還不算太壞。如果他們得到的食料不比鍾斯時期多，但也不比那時期少。自食其力，不必供養那五個酒囊飯袋，這好處太明顯了，足以抵銷其他負面因素。再說，動物們幹活的方式在許多情況下不但效率高而且省氣力。譬如說除草這種工作便做得很周到，人類無法跟得上。再說，因為現在沒有動物偷偷摸摸了，再不必用籬笆把牧場和耕地隔開，這不正好省掉大量維護籬笆和欄柵的工夫？話雖如此，夏天一過，各式各樣早前意料不到的欠缺就暴露出來了。農莊需要煤油、釘子，線繩、狗餅乾和馬蹄鐵等等，但農莊又不生產這些東西。跟着來的需要是種子和化肥，還有各類工具和風車的機器。這些東西怎樣弄到手，動物們也一籌莫展。

　　一個星期天的早上，動物齊集起來聽指令時，拿破崙就在這時宣佈他已決定實施一項新政策。那就是從現在開始動物農莊將要跟鄰近農莊做生意，這當然不單是為了賺錢，而是為了取得某些急需的物質。他說建造風車的需要高於一切。因此他正安排賣出一堆乾草和今年小麥收成的一部分。日後如果還需要錢，那就得靠賣雞蛋來應付了。雞蛋在威靈頓總不怕沒市場。拿破崙還說，雞應該高興才對，因為這個犧牲可以看作他們已為建造風車作出了特殊的貢獻。

　　動物們再一次感到一種難以描述的不安。絕不跟人打交道、絕不從事買賣、絕不使用錢──這些最早的誓詞，在鍾斯被逐後的第一次大會議中，不就已經確定了嗎？動物們清楚記得當初訂立這些誓詞的情形，或者至少他們以為還記得有這麼一回事。那四頭在拿破崙宣佈廢除大會議時曾提出抗議的小豬剛開口要發言，就被狗的可怕咆哮聲嚇得不敢吭聲。跟着一如慣例羊又咩咩叫起「四腳的確好，兩腿心腸壞」的口號來，一時間的尷尬場面亦因此緩和。最後拿破崙舉起前蹄要大家肅靜，宣佈說他已作好全部安排。在他的安排下，沒有任何動物需要跟人類接觸或打交道，因為這明顯是大家討厭的事情，他會把全部責任放在自己身上。一位住在威靈頓的律師溫普爾（Whymper）先生已答應當動物農莊和外邊社會的中間人。他將在每個星期一早晨到莊裏來聽指示。結束講話時，拿破崙循例大喊一聲「動物農莊萬歲！」接着動物高唱〈英格蘭的牲畜〉，唱完後就散場。

　　後來尖聲仔在農莊轉了一圈，終於使動物平息下來。他向他們保證，反對從事交易和用錢的決議從未通過，說不定連提議都未曾有過。這些全是捕風捉影的臆想，究其根源很可能是雪球傳播的把戲。好些動物對此還是半信半疑。尖聲仔奸詐地問道：「你們敢肯定這不是你們夢境所見嗎？同志們！這樣的決議，你們有記錄嗎？寫在哪裏？」不必説。這類東西從沒有文字紀錄，眾動物只得自認是他們自己搞錯了。

　　每個星期一，溫普爾先生按照規定到訪動物農莊。溫普爾

律師矮個子、長着絡腮鬍子，看上去一臉奸相。他的業務規模很少，但精明過人，早已看出農莊早晚需要一個經紀人，也看出佣金相當可觀。眾動物看着他在農莊內到處走動，有點戒心，避之唯恐不及。不過，在他們四條腿的動物看來，拿破崙向靠兩條腿走路的溫普爾律師發施號令的情景，讓他們產生自豪感，同時也使他們覺得這份新協議是可以接受的。現在他們跟人類的關係的確是今非昔比了，但人類對動物農莊的妒恨並沒有因它經營得蒸蒸日上而減少敵意，反而仇恨更深。看來每一個人都懷着這樣一個信念：農莊是早晚要破產的，而更重要的是，那個風車工程將成廢墟。他們在酒館碰頭，用圖表引證風車注定要傾塌。或者説即使能建成，也永遠不能運作，無法發電。可是，怪了，像受了催眠似的，他們對動物管理自己農莊的能力，也沒法不感到由衷的敬意。其中的一個跡象就是，他們在談到動物農莊時，不再假裝它是曼納農莊而是名正言順的動物農莊。他們放棄了對鍾斯的支持。鍾斯對重掌農莊已不再存奢望。他已移居到英格蘭別的角落去了。如今幸得溫普爾的幫忙通聲氣，動物農莊還可以跟外邊的世界保持聯絡。但謠言倒常聽到，譬如説拿破崙正準備跟狐林的皮金頓先生，或品奇菲爾德的弗德雷克簽訂一項明確的買賣協議，不過還得注意的一點是：這協議不同時和兩家簽訂。

　　差不多這時候，豬們突然搬進農莊主院居住。動物們好像記得有一條早前立下的條約是禁止這麼做的。可是尖聲仔又一

次成功教他們認識到事實並非如此。他說作為農莊的首腦，豬
應該有一個安靜的工作地方。再說，對領袖（近來談到拿破崙
時，尖聲仔已習慣用「領袖」這種稱呼）的尊嚴來說，住在房子裏
要比住在豬圈裏更相稱點。儘管如此，一聽到豬們不但在廚房
進食，把客廳當作娛樂室，這還不說，他們還睡在床上！這令到
有些動物感覺很不是味道。拳手倒沒當作一回事，習慣地說了
句「拿破崙同志永遠是正確的」就打發過去。但幸運草相信自己
記得清楚確有一條禁止睡在床上的規矩。轉身就跑到大穀倉那
邊，試着從寫在壁上的〈七誡〉中找出答案，最後發覺自己只會
讀單一字母。她找來妙瑞。

　　「妙瑞，」她說道：「你給我唸唸『第四誡』看看，是不是說過
不准睡在床上什麼的？」

　　妙瑞有點吃力的拼讀了出來。「它說，『任何動物不得睡在鋪
有床單的床上。』」她終於拼讀出來說。

　　奇怪的是，幸運草不記得第四誡提過床單，但既然牆上這麼
說，那一定不會錯了。尖聲仔這時經過，後面還跟着兩三條
狗，他最能從適當的角度解說一下問題之所在。

　　「同志們，」尖聲仔說：「你一定聽說過了，我們豬現在睡在
農舍裏的床上，對吧？誰說不可以呢？你們肯定不會以為床是被
禁之列吧？床啊，僅是睡覺的地方。廄裏鋪上一堆草就可一如
其份算是一張床。禁止的其實是床單，因為床單原是人類的發
明。我們已經扯掉農舍床上的床單，裏着毯子睡。這些床也很

舒服，可是，同志們，我不妨告訴你，正因我們現在要做那麼多的腦力的工作，這些床的舒服程度並沒有超過我們的實際需要。你們剝奪我們的睡眠需要吧，同志們？你不會讓我們累得不能動彈，無法堅守崗位吧，同志？想來沒有任何人要看到鍾斯回來吧？」

動物們馬上告訴他沒有這回事，而且不再議論豬們睡在農舍床上這個話題了。當幾天後收到宣示說從現在起豬的起床時間要比其他動物晚一小時，也沒有聽到誰對此抱怨。

直到秋天，動物們雖然累壞了，但卻是愉快的。說來他們已熬過整整艱難的一年了。賣了部分乾草和玉米之後，準備過冬的食物儲備根本不夠用，幸而有風車補償了一切。這時風車已建好了一半。秋收後天氣一直晴朗無雨，動物們幹起活來比以前更起勁。他們整天拖着石塊，辛勤地往來奔波，想着這樣一來便能在一天之內把牆又加高一英尺了，這是多有意義的事。拳手甚至連夜間也要出來，在月光下工作一兩個小時。動物們各有所好：他們喜歡在工餘之暇繞着已完成一半的工程走來走去，對牆壁的堅固和挺直讚嘆一番，也為自己竟能修建如此宏大的工程而感到自豪。只有老班傑明對風車毫無興趣，除了像往常一樣說驢子的命最長外，此外再沒有別的話說了。

十一月天氣轉涼，西南風肆虐，因為雨水太多，無法混凝水泥，建造工程無法不中斷。後來一個夜晚，狂風吹襲，整個農莊裏的窩棚從地基上搖撼起來，大穀倉頂棚上的一些瓦片也吹掉

了。雞群在驚恐中嘎嘎叫着醒來，因為他們在睡夢中同時聽到遠處的槍聲。第二天早上，動物們走出窩棚，發現旗桿已被風吹倒，果園邊上的一棵榆樹也像蘿蔔一樣連根拔起。就在他們剛注意到這情景的時候，所有的動物的喉嚨突然發出一陣陣絕望的悲鳴。一幅可怕的景象在他們的眼前出現了：風車毀了。

他們一起衝向工地。很少外出散步的拿破崙率先跑在前面。是的，就在眼前，他們心力交瘁奮鬥得來的成果，現在癱在那兒，夷為平地了。他們胼手胝足敲碎了又拉回來的石頭現在散落四方。動物們哀傷地望着坍塌下來的碎石，一時不能言語。拿破崙默默來回踱步。偶然嗅一嗅地上，尾巴變得僵硬，突然猛地甩來甩去。這是拿破崙緊張時擺出來的一種姿勢。突然，他不動了，好像已胸有成竹。

「同志們，」他平靜地說：「你們知道這是誰幹的好事嗎？那個昨天晚上來毀了我們風車的仇敵你們認識嗎？雪球！」他突然用打雷般的聲音吼問道：「這是雪球幹的！這個叛徒用心真狠！他摸黑來到這裏，把我們近一年的勞動成果毀於一旦。他企圖藉此阻撓我們的計劃，更為他被逐出動物農莊的恥辱報復。同志們，藉此時機，我宣佈判處雪球死刑。誰能將他繩之於法的將獲授『動物英雄二等勳章』，另加半蒲式耳蘋果。誰能活捉他，那將獲得整整一蒲式耳的蘋果。」

動物們覺得連雪球也可犯下如此罪行，一來覺得難以置信，二來亦氣惱不已。跟着在一陣怒吼之後，眾動物在心裏開始盤

算着萬一他回來時該用什麼方法將他捉個正着。差不多在同一時間，在離小山丘不遠的草地上發現了豬蹄印。但蹄印只延伸了幾步，看上去是朝着樹籬缺口方向的。拿破崙對着蹄印深深的呼吸了一會兒，跟着宣佈說蹄印是雪球留下來的，他認為雪球很可能是從狐林農莊那方向來的。

「別再猶疑不決了，同志們！」拿破崙反覆看了地上的蹄印後說道：「還有許多工作要幹。我們正要從今天早晨開始重建風車，早晚開工，風雨不改。我們要給那個卑鄙的叛徒上一課：別以為這麼容易就把我們毀了。同志們，記住，我們的計劃決不能有絲毫改變，要有始有終的看着它完成。前進，同志們！風車萬歲！動物農莊萬歲！」

第七章

　　冬日苦寒，狂風暴雨後就是微雨帶雪，大雪紛飛，路滑霜濃，一直拖延到二月。動物們都全力以赴趕建風車，深知外界正留意他們的一舉一動，如果風車重建計劃不能如期完成，那些在外邊等着幸災樂禍的人類便得償所願了。

　　出於妒忌心的驅使，這些人類裝模作樣的說他們不相信毀掉風車的是雪球。他們說風車倒塌是因為牆身太薄。動物們雖然相信事實並非如此，不過還是從善如流的決定把牆築到三英尺厚，而不是上次的一英尺半：這意味着他們得採集更多的石頭。傷透腦筋的是，採石場經過好長的一段時間後已積雪成堆，什麼事都做不來。後來嚴寒的天氣變得乾燥，倒可勉強幹些實在苦不堪言的工作，害得動物們再也不像先前那樣滿懷希望，信心十足，他們現在過的，可以說是飢寒交迫的生活。只有拳手和幸運草從不氣餒。尖聲仔「助人為快樂之本」的言論極為精彩，但真能令其他動物得到鼓舞的卻是拳手樸實無華的苦幹實幹精神，當然還有他掛在咀邊的口頭禪：「我會加倍努力。」

　　一月份開始缺糧。穀類飼料大幅削減，有通知說將有額外的馬鈴薯發給他們作補償。可惜隨後就發現由於地窖的上蓋沒

有蓋好，絕大部分的馬鈴薯都冷壞了，只剩下零零星星的幾個可以吃。有一段時間動物們有好些日子除了吃穀糠和蘿蔔外，再沒有什麼可以充飢的了。他們快要餓死了。

對外隱瞞此事真相絕對需要。風車的倒塌助長了人類的氣焰，他們跟着炮製了新謠言說這裏所有動物都在挨餓、都在跟瘟疫作垂死掙扎。這還不說，謠言還說他們內部不斷自相殘殺，已淪落到吞食幼子小孩的野蠻境地。拿破崙深知糧食短缺的真相一旦外傳出去後果多嚴重，於是決定利用溫普爾先生幫忙散佈一些假象。實在說來，溫普爾每週只來一次，動物們跟他幾乎說不上有什麼接觸。可是現在幾種經挑選過的動物，大多數是羊，得到指令在溫普爾先生聽得見的範圍內裝作是在閒談有關飼料增加的事情，跟着拿破崙下令將儲物棚裏那些空蕩蕩的大箱子裝滿沙石，然後把剩下來的飼料糧食蓋在沙石的上面。隨後找個言之成理的藉口，把溫普爾領到儲藏棚，讓他看到那些貯滿糧食的大箱。溫普爾先生上當了。說就自己親眼所見，如實的對外界報告說動物農莊根本不缺吃的。

可是快到一月底時，問題發生了，糧食不足，非得設法從外面弄到些額外的糧食不可。這些天來，拿破崙很少在公共場合露面，整天都在農莊主院裏流連，那兒的每一道門都有惡犬把守。拿破崙極講究排場。一旦要來，必有六條狗前呼後擁，誰要走近，那六條野獸必會吠得天崩地裂。即使在星期天早上他也常常不露面，只通過某頭豬，通常是尖聲仔來傳達他的指示。

　　一個星期天早晨，尖聲仔宣佈，所有進來下蛋的雞，必需把雞蛋上繳。因為通過溫普爾律師的協商，拿破崙已簽訂了一份每週交付四百隻雞蛋的合同。這些雞蛋銷售得來的錢可以購買很多飼料和糧食，讓農莊可以維持到夏天形勢好轉的時候。

　　眾母雞一聽到這個消息，連連發出強烈抗議。他們早前已聽說過這種犧牲恐怕在所難免，但不肯相信這種事真會發生。現在他們把春季孵小雞用的一窩蛋準備好，禁不住抗議說，誰拿走這些雞蛋就是謀財害命。於是鍾斯被逐後第一次出現了類似造反的形勢。為了搗亂拿破崙的計劃，眾母雞孤注一擲。她們由三隻年輕黑米諾卡母雞帶領，飛到屋橡上下蛋，雞蛋一落地便摔得稀巴爛。拿破崙馬上無情反擊。他下令停發母雞食料，警告說誰敢給一隻母雞一顆穀粒即犯死罪。這些命令都交給了狗來監督和執行。母雞們熬過了五天，最後也投降回到雞窩了。在此期間死了九隻母雞，屍體都埋在果園。對外聲稱卻是死於球蟲病。溫普爾對此一無所知，他按時收到雞蛋，雜貨店的貨車也每週來農莊一次帶走雞蛋。

　　這段時間一直不見雪球踪迹。有謠傳説他躲在附近的農莊，不是狐林就是品奇菲爾德。拿破崙在這一時期跟其他農莊的關係也比以前略有改善。碰巧農莊院子裏有一堆木材，十年前清理一片櫸樹林時就堆在那裏，現今已完全風乾，怪不得溫普爾建議拿破崙把這些木材賣掉。皮金頓先生和弗德雷克先生都看中這些木材，都想買，但是拿破崙拿不定主意該賣給誰。大

家倒注意到，每當他看來要跟弗德雷克先生成交時，就有風聲傳來說雪球正在狐林藏身。而當他正打算賣給皮金頓時，就有謠言說雪球在品奇菲爾德現身。

　　早春時節，突有駭人聽聞事件發生了。雪球常在晚間秘密潛入農莊！動物們嚇壞了，晚間躲在窩棚裏不能睡。據說每晚夜幕低垂時他就潛入農莊搗亂。他偷穀子、打翻牛奶桶、打破雞蛋、踐踏苗圃、咬破果樹皮。總之不論什麼時候什麼事情出了問題，大家都一股腦兒推到雪球身上。要是一扇窗子壞了或者是水道堵塞了，總有某動物說是雪球晚上出來搗的蛋。儲藏棚的鑰匙丟了，整個農莊的動物都會咬定準是雪球扔到井裏去的。怪趣的是，即使最後發現了鑰匙原來是誤放在一袋麵粉底下，他們還是相信這是雪球幹的。母牛異口同聲地說雪球在她們睡覺時溜進牛棚，擠乾了她們的奶。那年冬天那些曾給他們帶來煩惱的老鼠，也跟他們一起被視為雪球的同夥。

　　拿破崙下令要對雪球的活動作一次全面的調查。他在狗的護衛下，開始對農莊的窩棚仔細的巡迴檢查了一次，其他動物謙恭的在幾步之外尾隨着，每走幾步，拿破崙就停下來往地面嗅一嗅看有沒有雪球的氣味。他說他能靠這個分辨出雪球的蹄印。他嗅遍每一角落，從大穀倉、牛棚到雞窩和蘋果園，幾乎每處都發現了雪球的蹤跡。每到一處，他就把咀貼在地上，深深地吸了幾下，然後驚詫地大叫道：「雪球！他到過這兒！我清清楚楚的嗅得出來！」那幾條狗一聽到「雪球」就馬上呲牙咧齒狂吠。動

物們嚇破了膽。對他們來說，雪球像不散的惡毒幽魂，浸透他們周圍的空間，處處威脅要取他們的性命。到了晚上，尖聲仔把他們召集起來，神情惶恐不安的告訴他們有要事相告。

「同志們！」尖聲仔一邊神經質地跳來跳去，一邊大聲叫道：「一件最可怕的事情發生了，原來雪球已賣身投靠品奇菲爾德農莊的弗德雷克了。那傢伙正策劃襲擊我們，企圖奪取我們的農莊！雪球在襲擊時會為他帶路。可是更糟糕的是，我們本以為雪球造反是因為自命不凡和野心勃勃。可是我們錯了，同志們，你可知道真正的理由是什麼？原來雪球一開始就跟鍾斯一夥的！他一直都是鍾斯的探子。這可從我們剛發現的他留下來的文件得到證明。同志們，依我們看這可給我們解答好多問題。在牛棚一役中，雖然謝天謝地他的陰謀沒有得逞，但他蓄意要我們戰敗，要我們全軍盡墨的企圖，我們不是有目共睹嗎？」

動物們愕住了。比起毀壞風車一事，雪球這次所犯的罪孽可嚴重多了。但在他們確認尖聲仔的報告前，也猶豫不決了好幾分鐘。動物們都記得，或自以為記得，在牛棚戰事中，他們看見的是雪球帶頭衝鋒陷陣，還不時重整旗鼓。這且不說，更難得的是，即使鍾斯的子彈已穿進他的脊骨，他也不肯退縮。這就教他們大惑不解了，怎能以此解說他是站在鍾斯一邊呢？就連平日很少說話的拳手也搞糊塗了。他臥在地上，前腿屈在身子下，閉着眼睛、絞盡腦汁竭力理順他的思路。

「我不信，」他終於說道：「雪球在大戰中奮不顧身，這是我

親眼看見的。戰鬥一結束，我們不是立刻授予他『動物英雄一等勳章』嗎？」

「那是我們的失誤，同志們，因為我們現在才知道，他實際上是想誘我們走向絕境。這一點在我們已發現的密件中說得清清楚楚。」

「可是他負傷了，」拳手說：「我們都看見他流着血衝鋒。」

「那不過是預謀的一部分！」尖聲仔叫道：「子彈不過擦傷了他表皮而已。要是你識字的話，我會把他親手寫的文件拿給你看。他們的陰謀，就是在關鍵時刻讓雪球發出逃跑信號，把農莊留給敵人。他差點就成功了，我甚至可以說，要是沒有我們英勇的領袖拿破崙同志，他早就得逞了。難道你們忘了，就在鍾斯一夥衝進院子的時候，雪球突然轉身就逃，不是很多動物都跟着他跑了嗎？就在那一刻，亂得幾乎全失控了，拿破崙同志突然衝前大喊一聲『消滅人類』，跟着一口咬住了鍾斯的腿，這一點難道你們都忘了？你們肯定記得這些的。」尖聲仔一邊左蹦右跳，一邊大聲叫道。

既然尖聲仔把當時的場景描繪得如此栩栩如生，動物們似乎覺得，他們果真記得有這麼一回事。不過不管怎麼說，他們記得在激戰的時分，雪球確曾掉頭跑過。但拳手還是感到有點不舒服。

他終於說道：「我不相信雪球一開始就是個叛徒。後來發生的事應另作計算，但我始終認為在牛棚大戰中他是一個好同志。」

「我們的領袖，拿破崙同志，」尖聲仔以堅定緩慢的語氣宣

告，「已經明確地 —— 明確地，同志們 —— 聲明雪球一開始就是鍾斯的奸細，是的，遠在想到起義之前就這樣。」

「呀！這就不一樣了！如果話是拿破崙同志說的：那準不會錯。」拳手說。

「這才像話嘛！同志們！」尖聲仔大叫道，但動物們注意到他那雙閃爍的小眼睛狠狠的盯了拳手一眼。在他轉身要走時，停下來又加了一句：「我要警告農莊的每個動物要睜大眼睛，因為我們有理由相信，眼下雪球的探子正潛伏在我們中間！」

四天後的一個傍晚，拿破崙召集全體動物在院子開會。他們集合好後，拿破崙從屋裏出來，佩戴着兩枚勳章（他最近已授給自己「動物英雄一等勳章」和「動物英雄二等勳章」），還帶着他那九條大狗。那些狗圍着他蹦蹦跳，叫所有動物都背脊發冷。動物們默默無聲好像有預感知道有可怕的事要發生。

拿破崙神情兇狠地向他的聽眾掃瞄了一眼，接着發出一聲尖叫，那些狗就馬上衝上前咬住四頭豬的耳朵拉着他們往外拖。四頭豬在疼痛和恐懼中哀叫着被拖到拿破崙腳下。豬的耳朵淌着血。狗嚐到血腥，瘋狂了好一會。讓所有動物驚奇的是，有三條狗向拳手撲去，拳手看到他們來了，伸出巨掌在半空逮住一條狗，踩在地上。那條狗尖叫求饒，另外兩條夾着尾巴飛奔回去了。拳手看着拿破崙，想知道該怎樣處理那條狗。拿破崙好像變了臉色，厲聲喝令拳手把狗放掉。拳手抬起蹄子，狗帶着傷痛哀號溜走了。

　　這場騷動沒多久就平靜下來。那四頭豬渾身發抖等待發落。他們面上的皺紋似乎都刻寫着他們的罪狀。他們正好是抗議拿破崙廢除星期天大會議的那四頭豬。拿破崙喝令他們坦白罪行，他們沒等待下一指令就交代說，他們從雪球被逐後一直和他保持秘密交往。合謀破壞風車的叛亂分子也正是他們四位。更斗膽的是，他們私下跟弗德雷克先生訂了合約要把動物農莊送給他。他們還補充說，在過去幾年裏雪球曾私下對他們供稱自己一直是鍾斯先生的特務。

　　指認的環節過後，幾條狗一擁上前，咬破四條豬的咽喉。拿破崙跟着厲聲問道：還有誰要坦白？

　　那三隻曾帶頭以雞蛋鬧事的母雞這時走上前來，說雪球在她們的夢境中顯現，煽動他們違背拿破崙的命令。結果他們也遭到毒手。跟着上前懺悔的是一隻鵝，承認去年收割時私自收藏了六根穀穗並在當天晚上吃掉了。一隻綿羊承認曾在飲水池撒過尿，說是雪球教她這樣做的。另外兩隻綿羊招認害死過一隻老公羊。老公羊是拿破崙的忠實信徒。他們在他生病時趕着他繞着野火堆跑了一圈又一圈。這些招供者全部當場正法。招供和即時處決繼續進行着，一直到拿破崙跟前堆起了一堆屍體，空氣中瀰漫着濃重的血腥味。自鍾斯被逐以來，這是第一次出現這種情況。

　　等招供和處決都結束後，留下來的動物，除豬和狗外，都湊在一起離開了。他們感到既震驚又可憐，分不清到底什麼讓他

們更震驚 —— 是跟雪球結成一夥的叛逆行為，還是剛剛目睹的對這些叛徒所施的酷刑更可怕。過去也曾見過跟現在一樣可怕的血腥場面，但讓他們感覺到這一次前所未有的恐懼的原因卻是這些血腥場面發生在他們自己同志之間。自從鍾斯被趕出農莊以來，還沒出現過一隻動物殺害另一隻動物的事件，就連老鼠也未受過傷害。他們已走到小山丘上，看到已經建成一半的風車就在那裏，大家不約而同地躺下來擠在一起取暖，幸運草、妙瑞、班傑明、奶牛、綿羊、和整群的鵝和母雞 —— 該來的都來了。除了那隻貓，她剛好在拿破崙召集前不見了。大家靜默無聲。只有拳手還站着，一邊煩躁不安地走來走去。長長的黑尾巴不斷往身上抽打，偶爾發出一絲驚叫，終於他說話了。

「我真的不懂。我不敢相信這種事竟然發生在我們的農莊上。我們一定在什麼地方做錯了一些事。依我看來解決的方法就是加倍努力工作。從今天開始早上我要提前整整一個鐘頭起床。」

他腳步沉重的走開，往採石場進發，一到現場便連忙裝了兩車石塊拉到風車那裏，一直等到忙完了才收工。

動物們緊靠着幸運草默默不語。從他們躺着的土墩望下去，可以看到村莊全貌，動物農莊的絕大部分都入眼底 —— 狹長的牧場往大路伸延，犁田地上的麥苗苗壯而碧綠，還有草堆、樹林、飲水池塘、農莊的紅色屋頂、煙囪冒出的裊裊輕煙。這是一個晴朗的春天晚上，太陽平射的光線給綠草和枝葉茂盛的樹

籬鍍上片片金輝。他們此刻忽然想到，這農莊是他們自己的，每一英吋的土地都歸他們所有，只是在此以前，他們從未感到如此值得珍惜。幸運草看着下面的小山坡，淚水不禁湧上眼眶。要是她能替自己表白心迹，她會説目前的情況並不是他們當初決心為推翻人類而奮鬥所確立的目標。剛才發生的一幕幕恐怖屠叛場景，不是老少校那天晚上首次鼓勵他們造反時所嚮往的未來。對於未來，如果説她還有過什麼構想，那一定是這樣的一個社會：沒有飢餓和鞭子的折磨，一律平等，各盡所能，強者保護弱者，就像在老少校講演的那天晚上，她曾用前腿保護着最後才到的那一群小鴨子一樣。她不明白，為什麼他們現在竟淪落在一個不敢講真話的世界裏。當惡犬四出遊蕩作惡時、當看着自己的同志坦白了可怕的罪行被撕成了碎片時，她心裏沒有反叛或違命的念頭。她知道，儘管如此，他們活得遠比鍾斯當家的時代好得多。而且，目前當務之急是防止人類捲土重來。不論發生什麼事她都會忠心耿耿。努力幹活、執行命令、服從拿破崙的領導、完成交給自己的任務。可是，可是這還不是自己和其他動物所希望和奮鬥的。他們建造風車，膽敢面對鍾斯的子彈，也不是為了這個目標。這正是她目前胡思亂想的片段，雖然找不到適合的語言來表達。

最後，她想到難以言傳的話或者可以用歌詞來代替，便開始唱起〈英格蘭的牲畜〉來。坐在周圍的動物也跟着唱了，唱了三遍，很悠揚，但聽來緩慢而淒怨，他們從未用過這種調子唱過這支歌。

他們剛唱完第三次，就看到尖聲仔在兩條狗陪同下走到他們跟前，看樣子像是有什麼大事要宣佈似的。果然，他宣佈依據拿破崙同志頒佈的一項特別命令，〈英格蘭的牲畜〉已被廢止，今後禁止再唱這首歌。

動物們大吃一驚。

「為什麼？」妙瑞嚷道。

「用不着這首歌了，同志們，」尖聲仔冷冷的說，「〈英格蘭的牲畜〉是革命之歌，現在革命已經成功，今天下午對叛徒的處決也是最後的一次行動了，農莊內和農莊外的敵人已完全消滅。〈英格蘭的牲畜〉表達的，是我們對未來美好社會的渴望，但這個社會現在已經建立了，這首歌顯然再無意義了。」

有些動物雖然感到害怕，他們還是要抗議。就在這個時候，綿羊又開始像往常一樣咩咩的低哼起老調子來，「四腳的確好，兩腿心腸壞」。他們鬧了幾分鐘這場爭議就結束了。

〈英格蘭的牲畜〉從此消聲匿迹。詩人梅尼繆斯另賦新詞取代：

動物農莊　　動物農莊
永不因我　　蒙受損傷

從此每個星期天的早上升旗後都會唱這首歌。但對動物說來，不論是詞或曲，這首歌怎麼都比不上〈英格蘭的牲畜〉。

第八章

　　幾天之後，因處決罪犯而引起的恐慌逐漸消退，有的動物想起來，或者自以為想起來，第六誡規定，任何動物不得殺害別的動物。儘管誰也不想在豬或狗能聽到的範圍內提起這件事，總有動物覺得殺戮違反六誡規矩。幸運草請班傑明唸第六誡給她聽，班傑明一如既往的告訴她說他不想管閒事。幸運草只得找妙瑞。六誡是這麼說的：「任何動物不得無故殺害別的動物。」不知何故，動物們都不記得原文有「無故」這兩個字。但是他們現在看到的說法並沒有違反原義，因為處死跟雪球同黨的那幾個叛徒的理由顯然充分。

　　那一整年，動物們幹活幹得比上一年還要辛苦。修建風車的牆壁要比以前厚兩倍，還得要在指定的日期前完成。這還得加上農莊裏的日常工作，工作量可說百上加斤。動物們有時難免覺得跟鍾斯做莊主的時日相比，他們今天工作時間長些，但食物的質量卻不見得好些。每個星期天的早上，尖聲仔會用蹄子夾着一張長長的紙，給他們唸出了一系列長長的數字，以證明每類食物都比過去增產了百分之二百、三百、或者五百，視種類而定。動物們找不到任何理由懷疑或反駁他的話，特別是他們對

造反前的情形記得不太清楚。不過總有些時候,他們真的希望能得到更多的,不是數字,而是糧食。

如今所有的命令都由尖聲仔或另外一條豬發出。拿破崙自己常常兩週不露面。他終於現身時除了有狗侍從在旁護駕外,還有一隻黑公雞在前方開路,他會在拿破崙開口說話前引頸高叫一聲。有傳言說,在農舍裏拿破崙住在獨立套房,獨自用餐,兩條狗在旁候命。他用的餐具總是皇室皇冠德比瓷器製品,這些瓷器以前都放在客廳的玻璃櫥櫃的。另外還有通告說,每年除了另外兩個紀念日外,拿破崙生日那天也要鳴槍慶祝。

現在動物提到拿破崙時,不可直呼其名,正確的稱呼是:「我們的領袖拿破崙同志」。有些豬還給他創造了新的名號,譬如:「萬獸之父」、「人類剋星」、「羊族救主」、「鴨族之友」等等。尖聲仔演講時,一提到拿破崙的智慧、慈悲的心懷、他對着天下的動物——特別是那些仍在其他農莊無知地受盡奴役的動物——總會淚流滿面。把每項成就及每次好運都歸功於拿破崙已成慣例。如今你會經常聽到一隻母雞對另一隻母雞說:「在我們的領袖拿破崙同志的指引下,我六天下了五隻蛋。」或者你會聽到兩頭在池塘邊快樂地喝水的母牛突然聲稱:「多虧拿破崙同志的領導,這水喝起來多甜!」梅尼繆斯寫了一首名為〈拿破崙同志〉的詩,多少表達了莊內動物的普遍感受:

孤兒之父！

快樂之泉源！

米飯之君主！

啊，看着你威嚴而懾人的眼睛

我的靈魂就像着了火

你就是高懸於天的太陽

拿破崙同志！

你所給予的

都是所有動物所愛的

每天兩頓吃得肚子飽滿

每晚乾淨草堆上打滾

每種牲畜不分大小

晚來廄棚之內享安眠

拿破崙同志！

如果我家有小豬

待他長大發育前

不論變成啤酒瓶或擀麵杖

他早應學會

對您的真誠和忠心

對的，他吱嘎學叫第一聲該是

「拿破崙同志！」

　　拿破崙對這首詩極為欣賞，下令刻在大穀倉的牆上，與〈七誡〉相對。上方是拿破崙的側面肖像，是尖聲仔用白漆畫出來的。

　　在此期間，通過溫普爾事務所的穿針引線，拿破崙跟弗德雷克和皮金頓正進行着一項複雜的業務洽商。木材尚未賣出，兩個買家中弗德雷克的意欲較為強烈，只是出價太低，無法成交。在這期間還有新的傳言，說是弗德雷克和他的同黨正密謀攻擊動物農莊，打算摧毀風車這個讓他既妒又恨的建築物。據說雪球還不時在品奇菲爾德農莊附近走動。仲夏時分，動物們又聽到讓他們嚇破膽的事，原來有三隻母雞公開招認在雪球煽動下參與過一項謀殺拿破崙的計劃。這三隻母雞馬上處死，拿破崙的安全也重新受到關注。此後他晚上睡覺時總有四條狗待在他床邊四個角落負責保安工作。一條名為紅眼（Pinkeye）的幼豬負責在拿破崙進食前先嚐所有食物，以防被下毒。

　　大概在這段時間，有傳言說拿破崙有意把木材賣給皮金頓先生。此外，動物農莊和狐林農莊還準備簽訂一份長期協議，彼此交換物資。拿破崙與皮金頓之間的交情雖然仍靠溫普爾居中牽線維持，現在幾乎可以說是朋友了。動物們不信任皮金頓因為他是人類，但至少比起讓動物們又恨又怕的弗德雷克來，他比較討人喜歡。夏日炎炎，隨着流金歲月的消逝，經過一波三折興建的風車終於快將落成，但隨即有傳言說風車將很快受到破壞。有謠言說弗德雷克計劃帶領二十名全副武裝的壯丁攻動物

農莊。此外他還花錢收買了地方官府和警察，只要他能拿到農莊的地契，其他的事他們不會過問。此外，品奇菲爾德農莊還傳來一些恐怖消息涉及弗德雷克如何虐待自己的動物。他曾用鞭活活抽死一匹老馬、餓死幾頭乳牛、把狗丟進火爐燒死、晚上的娛樂節目是在雞爪上綁着剃鬍刀片，看公雞互相博鬥致死。動物們聽說後熱血沸騰，間或鼓謙起來說要一起攻擊品奇菲爾德農莊，把人類趕盡殺絕，放動物遠走高飛。但尖聲仔馬上勸阻他們別意氣用事，要相信拿破崙同志的安排。

　　動物們對弗德雷克的反感持續高漲。一個星期天早晨，拿破崙到穀倉來，向動物解釋為什麼他從來沒有想過要把木材賣給弗德雷克，因為他覺得和那種惡棍來往有失身份。拿破崙跟着禁止到處散佈抗爭消息的鴿子在狐林停留，還吩咐他們把原先「殺死人類」的標語改為「殺死弗德雷克」。夏季快近尾聲時，動物們又發現雪球另外一個陰謀詭計。那時小麥田裏長滿了雜草，大家後來才搞清楚這是因為雪球某天晚上潛回農莊，把雜草種子和穀物種子混在一起生長的緣故。當時秘密參與這項陰謀的還有一隻公鵝。他向尖聲仔坦承罪行後，馬上被判吞食顛茄自盡。動物們也是這時才知道雪球從沒有獲頒「動物英雄一等勳章」。他還因為在戰鬥中表現太像膽小鬼而遭譴責。動物們聽了這個說法，有些再度感到惶惑，但尖聲仔馬上開解他們，說他們的記憶有錯。

　　到了秋天，為了兼顧農作物的收成，動物們工作加倍努力，

終於把風車建好。雖然機械裝置還沒完成，而溫普爾目前正在處理有關的購置問題，但大體說來整體結構是完成了。毫無經驗、加倍艱辛、手上的工具多麼原始、運氣多麼不濟、雪球的毒計多麼陰險，該高興的是，整個工程到此已經分秒不差的按時完成了。動物們雖然累壞了，但深感自豪。他們驕傲地繞着自己的這一心血結晶不停地轉來轉去。在他們眼中，眼前的風車比第一次落成的好看得多了，牆座也比第一次厚一倍。這一次，除了用炸藥，再沒有別的東西可以破壞它。午夜夢迴想到自己為此不知流過多少血汗，克服了不知多少困難……可是一想到一旦風車轉動會帶動發動機，他們的生活也會發生巨大的改變——想着想着這些前後因果，他們頓時忘卻疲勞，得意的圍着風車雀躍狂呼一番。拿破崙在雞和犬前呼後擁下蒞臨視察，親自向動物的大功告成道賀一番。最後他還宣佈，這風車要取名為「拿破崙風車」。

　　兩天後，動物們奉召到大穀倉開一次特別會議。拿破崙宣佈，他已經把那堆木材賣給弗德雷克。再過一天，他的貨車就會來取貨。動物聽說後，驚訝得不得了。原來在這段時間裏，拿破崙跟皮金頓的關係，只是表面友好而已，實際上他跟弗德雷克一直暗地往來。

　　跟狐林農莊的關係已經完全破裂。他們跟着就向皮金頓發出侮辱的罵街信。鴿子收到通知以後要避開皮金頓農莊，還要把「打倒弗德雷克」的口號改為「打倒皮金頓」。跟着拿破崙又斷

然的告訴動物們，所謂動物農莊正面臨一個近在眼前的襲擊是毫無根據的謊言。還有一個謊言：有關弗德雷克虐待他的動物的各種傳說，也絕不可信。所有的謠言、小道消息，都極可能來自雪球和他的同夥。現在看來，雪球並沒有在品奇菲爾德棲身。事實上，他從沒到過那兒。他現在住在狐林，據說過着相信豪華的生活。多年來他拿的是皮金頓給的養老金。

豬們無不為拿破崙在經營上足智多謀的表現大感興奮。他表面上跟皮金頓稱兄道弟，這一來讓弗德雷克不得不多出十二英鎊購買木材。但依尖聲仔看來，拿破崙思想最不尋常之處可在他誰也不信的行動上表現出來。即使對弗德雷克也如此。弗德雷克想過用一種叫支票的東西支付木材錢。那東西只不過是一張紙，只不過上面寫着保證支付來者之類的諾言而已。但拿破崙比他聰明，才不吃這一套。他限定只能以五英鎊鈔票付款，而且還要在木材運出之前交付。弗德雷克如數付清，所付數目則剛好足夠購買大風車的機器之用。

木材不久就被搬走了。全部拖拉完後，大穀倉裏又有一次特別會議召集，為的是讓動物們觀看弗德雷克支付的鈔票。拿破崙佩戴着兩枚勳章，幸福滿面的笑着端坐在那個凸台的草墊子上。鈔票就在他身邊整整齊齊的堆放在從農莊主院廚房拿來的瓷盤子上。動物們列隊走過，無不大飽眼福。拳手還用鼻子嗅了嗅那些鈔票，隨着他的呼吸激起了一陣薄薄的粉末屑和嘶嘶作響的聲音。

　　三天後，在一陣震耳欲聾的嘈雜聲中，但見溫普爾騎着自行車氣急敗壞的趕來，臉色蒼白。他把自行車往院子裏一扔就逕自衝進農舍。過了一會就在拿破崙的房間傳出一陣哽嗆着嗓子的怒吼聲。出問題了！原來鈔票是假的！弗德雷克不費分文就取得了木材。這消息像野火一樣傳遍整個農莊。

　　拿破崙馬上把動物召集在一起，咬牙切齒地宣佈弗德雷克的死刑，說是抓到這傢伙就會把他活活泡湯。同時他又警告他們，繼這個背信棄義的行徑之後，更糟糕的事情也會跟着發生。弗德雷克和他的同夥隨時都有可能發動他們計劃已久的襲擊。所有通向農莊的路口也因此安置了哨崗。四隻鴿子也因此打發給狐林農莊送去言和信件，希望跟皮金頓重修舊好。

　　就在第二天早晨，敵人開始進攻了。動物們正吃早餐，哨兵飛奔來報，說弗德雷克一夥已進了五柵門。動物們聽說，馬上就向敵人迎擊，但這一次可不像上次牛棚戰役那麼輕易取勝。敵方這次有十五人，六把槍，他們一走到十五碼內就開火。動物們無法忍受撕心裂肺的爆炸聲和斷人肝腸的子彈，儘管拿破崙和拳手不斷給他們打氣，他們最後還是打敗收場，不少動物已經受傷。於是他們逃到農莊的窩棚裏躲起來，透過縫隙或木板上的小孔小心翼翼的往外窺探。但見整個大牧場，還有風車，都已落在敵人手中。一時間，就連拿破崙看來也束手無策了。他一言不發的踱來踱去，尾巴硬繃繃的不斷抽搐着，不時朝着狐林農莊的方向神傷的瞧了又瞧，不勝依依的樣子。如果皮金頓和

他那夥人肯助他們一臂之力，説不定還有勝算。然而就在這一刻，前天派出的四隻鴿子回來了，其中一隻帶回了皮金頓覆示的紙條，上面用鉛筆寫着：「活該」。

這時弗德雷克一夥人已在風車的周圍停下來。動物們一邊窺視着他們，一邊不安的咕噥着。闖進來的其中兩條漢子拿出一條鐵撬棍和大錘，準備拆除風車。

「開玩笑！」拿破崙喊道：「我們把牆壁築得特別厚，他們不可能在一星期內拆除。別怕，同志們！」

但班傑明仍凝神注視着那夥人的一舉一動。拿着鐵撬棍和大錘的兩個人，正在風車的地基附近打孔。到最後班傑明帶着一臉心照不宣的表情近乎戲謔的説：「我想通了。你們沒看到他們在做什麼嗎？再過一會，他們就要往已挖好的洞穴傾倒炸藥。」

動物們嚇壞了，但此時此刻，他們不敢冒險衝出窩棚，只好等待着。過了幾分鐘，只見那夥人都四邊散開，跟着就是一聲隆然巨響爆炸聲，鴿子應聲而起飛到天空。除了拿破崙，其他動物全都捂住了臉猛地趴倒在地上。他們站起來後，風車上空飄盪着一大團黑煙。微風慢慢吹散了黑風，風車已不存在了。

看到眼前的景況，動物們的勇氣又回來了。之前所感受到的膽怯和沮喪，現在被這種喪心病狂的作為激起的怒火抵消了。他們要復仇雪恨，不等領導的命令便拼命向前衝去。無情的子彈像冰雹一樣掃射過來，但這一次不再放在心上了。這是一場奪命的戰爭。那幫人不斷放槍，待動物接近他們時，他們就改

用棍棒和沉重的皮靴亂踢一起。一頭母牛、三隻綿羊，兩隻鵝都死了，幾乎每隻動物都受了傷。就連一直在後方指揮作戰的拿破崙也被子彈削去尾巴尖。但那些不速客也不是絲毫無損。三個人被拳手的蹄掌打破了頭，另一個人的肚子被一頭牛的犄角刺破。再數下去還有一個人，褲子差點被傑西和藍鈴這兩條狗撕破。給拿破崙貼身保護的那九條狗，奉命在樹籬的掩護下迂迴過去，突然出現在敵人的側翼，如狼似虎的吼叫起來，那夥人給嚇破了膽。他們發現有被包抄的危險。弗德雷克看到退路未斷，便向他的手下叫喊，要他們趕快撤出去。沒多久，那些貪生怕死的敵人便趕着亡命去了。動物們把他們趕到田邊，趁他們擠過樹籬時還狠狠的踢了他們幾下屁股。

他們贏了！但滿身傷痕，血流不止，疲憊不堪。他們一瘸一拐慢慢地朝農莊方向走回去。看到陣亡同志的屍體橫躺在草地上不禁灑下淚來。有好一會他們在風車原來所在之處駐足，哀傷地無言無語。是的，風車沒了，他們勞動的最後一點痕迹如今蕩然無存。就連地基也有一部分被炸毀了。這一下，要想重建風車，也不能像以前那樣可以使用剩下來的石頭，因為這一次連石頭也不見了。爆炸的威力把石頭炸開幾百碼以外，現在看來這裏從未有過風車一樣。

他們走近農莊時，看到神秘失踪多時的尖聲仔跳跳蹦蹦的走過來，甩着尾巴，笑容滿面，就在這時，動物們聽到從農莊的窩棚那邊傳來一陣低沉的槍聲。

「幹嗎要開槍？」拳手問。

「為了慶祝我們的勝利！」尖聲仔嚷道。

「什麼勝利？」拳手問。他的膝蓋還在流血，丟了一隻蹄鐵，蹄子也裂開了，更不要說他的後腿被十二顆子彈擊中。

「什麼勝利？同志們，難道我們沒有從我們的領土，從神聖的動物農莊土地趕跑了敵人嗎？」

「但他們毀了風車！而我們為建風車賣了兩年的命！」

「那算什麼？我們另建一座，高興的話建它六座七座。同志們，你們有所不知，我們幹了一件吐氣揚眉的大好事，敵人曾佔領過我們腳下這塊土地。可現在呢，多虧拿破崙同志的領導，我們已奪回每一吋土地！」

「可是我們奪回來的是我們本來就有的。」拳手說道。

「這就是我們的勝利，」尖聲仔說。

他們一瘸一拐的走進大院。拳手腳皮下的子彈教人痛徹心扉。他看得很清楚，擺在他前路是一項從地基開始再建風車的艱巨工作。其實他已在想像中為這任務振作起來了。可是，可是他第一次想到，他已經十一歲了。也許他那身結實驕人的肌肉再難驕人了。

但當動物們看到那面綠旗在飄揚，再次聽到槍鳴（總共響了七響），聽到拿破崙的講話，聽到他對他們表現的讚賞，他們似乎覺得，歸根結柢，他們取得了巨大的勝利。大家為在戰鬥中死難的動物安排了隆重的葬禮。拳手和幸運草拉着靈車，拿破

崙更自動走在隊列的前頭。慶祝活動整整花了兩天，有唱歌，有演講，還有絕不可少的幾次槍鳴。跟着就是每隻動物都拿到一顆特殊紀念蘋果，每隻家禽分到兩盎司穀子，每條狗三塊餅乾。跟着還接到通知說，這場戰事將稱為「風車戰役」。拿破崙還設立了一個授給自己的勳章，取名「綠旗」。在這歡天喜地的氣氛中，早前發生的假鈔事件也就事過境遷，逐漸被淡忘了。

　　幾天後，豬群偶然在農舍的地窖裏找到一箱威士忌，這是他們剛住進來時沒注意到的。當天晚上，農莊主院傳出陣陣響亮的歌聲。教動物們意想不到的是，歌聲還夾雜着〈英格蘭的牲畜〉的旋律。九點半左右，但見拿破崙戴着一頂鍾斯先生的舊圓頂禮帽，從後門出來，在院子裏飛快跑了一圈，又閃進門不見了。但第二天早晨，農莊主院一片沉寂，看不到有豬在走動。快到九時，尖聲仔出來了，動作緩慢，目光遲滯，拖着無力的尾巴，渾身上下都露出不勝體力的樣子。他把動物召集在一起，說要傳達一個沉痛的消息：拿破崙同志危在旦夕。

　　一陣哀傷的呼號跟着爆發。農舍門外鋪着草墊，動物們於是踮着蹄尖從那兒走過。他們眼中含着淚水，碰頭時總是詢問：要是他們的領袖拿破崙不幸離開人世，他們該怎麼辦？農莊內謠言四起，有說雪球詭計多端，終於成功在拿破崙的食物裏下了毒。十一時，尖聲仔跑來宣佈拿破崙在世最後的遺囑：飲酒者處死刑。

　　可是到了黃昏，拿破崙精神漸見好轉。第二天早上，尖聲仔又告訴他們說拿破崙差不多完全康復了。當天晚上，拿破崙又如常工作了。直到第二天，他們才得知原來拿破崙早就請溫普爾在威靈頓買了一些有關蒸餾及釀造酒精飲料的小冊子。一週後，拿破崙下令要把果園那邊的小牧場夷平。牧場原先是打算留給退休動物作草場用的，現在卻說牧場的草已壞死，需要重新撒種。但沒多久就真相大白。原來拿破崙要在那兒播種的不是牧草而是大麥。

　　大概在這時分，一件怪事發生了，但誰也解釋不了怪事的由來。事情發生在一天晚上十二時左右，院子裏傳來一聲巨大的跌撞聲，動物們立刻衝出窩棚去看。那天晚上月色明亮，在大穀倉寫着〈七誡〉的牆角下，橫放着一把斷為兩截的梯子，尖聲仔四肢平躺在梯子邊，一時昏迷未醒。他身邊有一盞馬燈，一把漆刷子，一隻打翻的白漆桶。狗們把尖聲仔圍了起來，待他一甦醒就護送他回農舍。除了班傑明，眾動物都搞不清楚這究竟是什麼一回事。班傑明點了點頭，露出一副心領神會的表情，但什麼也沒有說。

　　過了幾天，妙瑞獨自看漆在牆上的〈七誡〉時注意到動物們又有另外一條戒律記錯了。他們本以為第五誡是「任何動物不得飲酒」，但有兩個字他們忘了。事實上這一條誡律的原文是「任何動物不得飲酒過量」。

第九章

拳手蹄掌上的傷口過了很長的一段時間才痊癒。慶祝勝利的活動結束後的第二天,動物們就着手重建風車了。拳手一天也不能閒着,一天不幹活也不行。他把不讓別的動物看到自己受苦的樣子視為個人榮辱的得失。晚上,他悄悄的向幸運草承認,他的蹄子痛得厲害。幸運草把草藥嚼成糊狀敷在他的傷口上。她和班傑明都苦勸過拳手,叫他幹活時省一點氣力。「馬的肺是不會長生不老的,」她對他說。可是拳手就是不聽,他說他唯一未了的心願就是在他達退休年齡之前能看到風車運作順利。

當年動物農莊初訂法制時,退休年齡分別定為:馬和豬十二歲,牛十四歲,狗九歲,羊七歲,雞和鵝各五歲,此外還答應發給豐厚的養老津貼。雖然至今還沒有動物拿過一毛錢養老,但近來養老津貼這個話題越來越普遍了。眼下果園那邊的小牧場已預留作大麥田,就有小道消息說大牧場的一角將圍起來給退休動物吃草的地方。據說馬的養老津貼是每天五磅穀子。到冬天,每天十五磅乾草。節令假日還多發一根胡蘿蔔,或一個蘋果。拳手的十二歲生日就是明年夏至。

　　這期間生活十分艱難。冬天像去年一樣冷，食物更短缺。除了豬和狗，所有動物的食糧都減少了。尖聲仔這麼解釋説：在食物配給上過於追求平等，有違動物主義的原則與精神。不論在什麼情況下，尖聲仔都可以毫不費力的向其他動物證明，不論表象如何，他們事實上並不缺糧。當然，以目前情形看，確有必要調整一下供應量(尖聲仔總説這是「調整」，不是「減少」)。但跟鍾斯時代相比，進步是明顯的。跟着他用尖細的嗓音一口氣唸了一大串數字，用來反映和鍾斯時代相比，他們現在有更多的燕麥、乾草、蘿蔔，工作時間更短，飲用水質更好，壽命更長，嬰兒的存活率提高了，窩棚裏有更多的草墊，跳蚤也少多了。動物們對他的話無不一一受落。真的，在他們的記憶中，鍾斯和鍾斯代表的一切幾乎全已淡忘。他們知道，近來的生活極不好過，常常飢寒交迫，醒着的時候就是賣命幹活，但毫無疑問，過去比現在更壞，他們輕易相信這一點。再説，他們以前是奴隸，現在卻是自由身。正如尖聲仔一直掛在咀邊説的，這就是「天壤之別」。

　　現在多了許多咀巴要討吃的。秋天，四頭母豬不約而同的一起產下了三十一頭小豬，毛色黑白相間。要知他們的父親是誰一點不難，因為拿破崙是莊上唯一的公豬。有通告説，等磚頭和木材都購備了以後，就在農莊的花園裏為他們蓋一間教室。目前小豬由拿破崙在農莊主院的廚房裏親自給他們上課。這些小豬會在花園裏活動，不許和其他小動物一起玩耍。後來還有

一條新規定：規定說當其他動物在路上遇到豬時，必須站到路旁。另外，所有的豬，不論地位高低，都享有星期天在尾巴上佩戴綠色飾帶的特權。

　　農莊度過了說得上是風調雨順的一年，但是錢還是不夠用。建學校用的磚頭、沙子、石灰和風車用的機器需要用錢。農莊主院需要的燈油和蠟燭，拿破崙專用的糖（他不許其他豬隻享用，說是吃糖會讓他們發胖）也得花錢去買。此外還得更換一些日用雜物，如工具、釘子、繩子、煤、鐵絲、鐵塊和狗食餅乾等等，開銷實在不少。他們已經賣掉了一堆乾草和部分已收割好的馬鈴薯。雞蛋合同又增加到每週六百個。這一年中，孵出的小雞連起碼的數目都不夠，雞群幾乎沒法維持在過去的數目水平上。十二月份已經減省的口糧，二月再削減一次。為了省油，窩棚裏也禁止點燈。但是，豬好像過得蠻舒服。事實上，他們還長胖了。二月底的一個下午，一股新鮮、濃郁、令人垂涎欲滴的香氣從小釀造房裏飄到院子裏來。動物們以前從沒有聞過的香味。有動物說這是蒸煮大麥的味道。他們貪婪地嗅着空氣，心裏暗自猜度，這是不是為他們的晚餐準備的熱呼呼的大麥糊？但晚飯時卻沒有看到什麼大麥糊。隨後的那個星期天，又接到新通告，說從此以後，大麥全得留給豬食用。其實在此之前，果園那邊的田裏早已種滿了大麥。不久，又傳出新消息，說現在每頭豬每天都配給一品脫啤酒，拿破崙自己則獨自領取半磅，通常都是盛在德比瓷湯盆內。

　　但是不管日子多麼難過，只要想到今天他們活得比以前體面和充實。今天聽歌和唱歌的機會比從前多，演講多、活動也多。拿破崙曾發下指令每週應舉辦一次叫「自發遊行」的活動，旨在慶祝動物農莊的奮鬥成果和一片欣欣向榮的景象。每到指定時刻，動物們便各自放下手上的工作，列隊繞着農莊邊界遊行。豬帶頭，跟着是馬、牛、羊和家禽。狗在隊伍兩側，拿破崙的黑公雞走在隊伍的最前頭。拳手和幸運草總是一起舉着一面綠橫幅，上面標幟着蹄掌和犄角，以及「拿破崙同志萬歲」的標語。遊行過後就是背誦讚揚拿破崙的詩歌活動。隨後是演講，由尖聲仔報告飼料增產的最新數據，偶爾還會鳴槍慶賀。羊對這個「自發遊行」活動最為熱心。如果哪個動物抱怨（有些動物有時趁豬和狗不在場就會發牢騷）說這不但是浪費時間，更不要說在冰天雪地下捱冷的滋味了，羊一聽到就肯定會馬上叫起來，「四腳的確好，兩腿心腸壞」。這麼一叫，他們馬上就靜下來。但大體說來，動物們搞這些慶祝活動還是相當熱心的。可不是嗎，他們發覺只有在這些活動裏他們才感到自己真的是當家作主，所做的即便是雞毛蒜皮的小事都是為自己謀福利。想到這裏，他們一時也感到安慰。因此，在歌聲中、在遊行中、在尖聲仔喃喃自語唸着萬物豐收的數字中、在槍聲中、在黑公雞的啼聲中、在綠旗的飄揚中，他們至少可以暫時忘記他們的肚子是空的。

　　四月份，動物農莊宣告成為「共和國」。按規矩得要選出一位總統。候選人只得一個：拿破崙。他全票當選。同一天又披露了有關雪球和鍾斯合謀的細節。依這樣看，雪球不僅詭計多端地破壞了「牛棚大戰」(這一點動物們早有印象)而且是公開地為鍾斯作幫兇。事實上他充當了那夥人的元兇。他在參加混戰之前，還高喊過「人類萬歲！」的口號。有些動物還記得雪球背上負了傷，但那實在是拿破崙咬傷的疤痕。

　　仲夏時節，失蹤數年的烏鴉摩西突然回到農莊。他看來幾乎沒有什麼改變。依舊的懶於幹活，依舊的口口聲聲講着他的糖山舊話。誰願意聽，他就振翼飛到一樹墩上口沒遮攔的說個不休。「在那邊，同志們，」他鷹鈎咀指着天空說：「就在那邊，就在那團烏雲後邊的『糖山』，將是我們可憐動物脫離塵慮後的永生之地！」他還補充說自己曾在一次高飛行中到過那裏，看到了那裏生長的一望無際的苜蓿地，亞麻子餅和方糖都長在樹籬上。他話說得天花亂墜，但不少動物就是相信他說的那一套。他們計算着自己的生活，每天幹活，體力過勞，吃只得半飽，難道不該有一個合情合理的世界存在嗎？難以解釋的是豬對摩西的態度，一方面他們都不屑的認定他的「糖山」故事一派胡言，可是另一方面卻讓他留在農莊，允許他不幹活，每天還配給到一吉耳的啤酒喝。

　　拳手的蹄掌痊癒後，工作起來時就更拼命了。說起來在這一年中，所有動物幹起活來都像鞭子下的奴隸。除了農莊裏那

些常見的工作和再建風車的事務外，還要給十幾頭小豬蓋學堂。這項工程是三月份動工的。有時動物忍受不了在半飢餓狀態下長時間工作，但拳手從未抱怨過。他日常的言行沒有任何跡象顯示他身體和氣力不如前，只是外貌有點小變化：皮毛不像以前那麼光亮，粗壯的腰部微見老態。有的動物卻說：「等春草長出來時，拳手就會慢慢長肉的。」可是春天來了，拳手卻不見長出肉來。有時他在通往採石坑頂部的斜坡上，當繃緊的肌肉頂着一塊大石頭不讓它下滑時，支持他的力量好像只有自己百折不撓的意志了。遇到這種時候，他總是一聲不吭，但驟然看去，似乎還可看到他口中唸唸有詞，「我會加倍努力。」幸運草和班傑明一再警告過他要當心身體，但拳手還是充耳不聞。他的十二歲生日快到了，但他沒有擺在心上。他一心一意想着的只是在領取養老津貼以前能夠多撿幾塊石頭。

　　一個夏天的晚上，有突發的消息傳遍整個農莊，說拳手出了事。在此之前，他曾獨自往風車那邊拉了一車石頭。果然謠言不假。幾分鐘後兩隻鴿子振翼飛回，帶回大家等着的消息說：「拳手倒下去了！他現在側身躺在那裏，站不起來了！」

　　農莊上的動物大概有一半衝了出去，趕到建造風車的小土墩上。拳手躺在那裏，身子夾在馬車的車轅中間，脖子在地，無力抬頭，眼睛呆滯，兩肋的毛被汗水黏成一捲捲的，咀角滲着絲絲鮮血，幸運草在他身邊跪着。

　　「拳手！」她呼喊着：「你怎麼啦？」

「我的肺，」拳手虛弱地說：「沒關係，我想沒有我，你們也可以完成建造風車的。備用的石頭已經儲備夠了，反正我只能幹一個月。不瞞你說，我一直盼望退休。班傑明也老了，說不定他們會讓他提前退休給我作個伴。」

「我們得馬上請人幫忙，」幸運草叫道：「快！誰跑去告訴尖聲仔拳手出事啦！」

其他動物全部立即跑回農莊主院向尖聲仔報告這一消息，只有幸運草和班傑明留下來。班傑明躺在拳手身旁，默默地用長尾巴為拳手趕蒼蠅。大約過了一刻鐘，尖聲仔帶着同情和關切的樣子趕到現場。他說拿破崙同志已得知此事，對農莊裏這樣一位最忠誠可靠的成員發生如此的不幸感到無比的哀傷。尖聲仔最後還補充說拿破崙已安排把拳手送到威靈頓醫院治療。動物們聽後感到有些不安。事實上除了莫莉和雪球，沒有其他動物離開過農莊。因此他們實在不習慣把一位患病的同志交給人類照顧。但尖聲仔不費吹灰之力就說服了他們。他說在威靈頓獸醫院的專家比在農莊裏的簡陋設備更能治療拳手的疾病。大約過了半小時，拳手的精神有些好轉，搖搖擺擺一步一顛的回到他的廄棚。幸運草和班傑明老早就給他準備了一床舒服的草堆。

隨後兩天，拳手就待在自己的廄棚裏休養。豬們送來了一大瓶粉紅色的藥，據說是在浴室的藥櫃裏發現的。幸運草把這瓶藥在飯後給拳手服用，每天用兩次。晚上幸運草躺在他的棚子跟他聊天，班傑明給他趕蒼蠅。拳手老說對所發生的事一點

也不後悔，說如果能徹底康復，他希望自己能活上三年。他盼
望能在牧場的一角平平安安的住上一陣子，好讓他第一次能夠騰
空時間來學習，來增長智識。他說他打算用餘生的分分秒秒來
學習字母表上剩下的二十二個字母。

可是，班傑明和幸運草只有在收工後才能和拳手在一起，而
剛好又是那天中午來了一輛車子把拳手接走。當時動物們在一
頭豬的監視下忙着在蘿蔔田地裏除草。突然他們驚奇地看到班
傑明從農莊那邊飛奔而來，一邊失聲大叫着。說來這是他們的
第一次看到班傑明如此激動。事實上，這也是第一次他們看到
班傑明奔跑。「快！快來呀！他們要把拳手擄走了！」沒等豬下
令，動物們全都自動放下手上的活計，急步跑回農莊去。果
然，院子裏停着一輛大篷車，由兩匹馬拉着，車邊寫着字，坐在
駕車人位置的是一個面目陰沉的男子，頭戴矮頂圓禮帽。拳手
的馬廄卻空着。

動物們一擁而上圍繞着車子，齊聲大叫道：「再見，拳手，
再見！」

「傻瓜！笨蛋！」班傑明繞着他們一邊跳、一邊喊着，一邊
用他們小蹄掌敲打地面，說：「傻瓜！車邊上寫着的字，你們沒
看見嗎？」

這下子動物都猶豫了，場面也靜了下來。妙瑞開始拼讀車
邊上的字，可是班傑明推開了她，在死寂的空氣中開始唸道：

「阿爾弗列德·西蒙斯（Alfred Simmonds），威靈頓屠馬兼煮

膠商，經銷獸皮、骨粉。供應狗舍。你們明白這是什麼意思嗎？他們要把拳手拉到屠馬場去！」

動物們聽到這裏突然爆發一陣恐懼的哭聲。就在這時，坐在車上的那個冷面漢子正揚鞭催馬，馬車在一陣快步小跑中離開了大院。所有的動物也跟在後面跑，聲嘶力竭的叫喊着。幸運草拼命擠到最前面。這時馬車開始加速，幸運草也拼命加快她那粗壯的四肢趕上去。「拳手！」她哭喊道：「拳手！拳手！」就在這時，拳手好像心有靈犀，聽到外面的喧譁聲，他那帶着白色條紋直通鼻樑的面孔出現在車後的小窗子裏。

「拳手！」幸運草淒厲哭喊叫道：「拳手！出來！快出來！他們要送你去死！」

動物們齊聲哭喊起來，叫道：「拳手！出來！快出來！」但馬車已揚鞭加速，離他們越來越遠了。很難説準拳手究竟有沒有聽清楚幸運草喊的話。沒多久，拳手的臉從窗上消失了。跟着車內響起了陣陣巨大馬蹄踢蹬聲。一定是他試着踹開車門出來。按理説只消踹幾下，就能把車廂踹個稀爛。可是天啊！拳手已渾身無力了。沒多久，馬蹄的踢蹬聲漸遠，直至完全消失。動物們急壞了，他們奮不顧身的懇求拉車的兩匹馬停下來。「同志們，同志們！」他們大聲喊着，「別拉你們的親兄弟去送死！」但那兩匹畜生笨得可以，傻得完全不知道是什麼一回事，只管豎起耳朵加快腳步奔跑。拳手的面孔再也沒有出現在窗子上。有些動物想到前面關上五柵門，但太晚了，轉眼馬車

已衝出大門，飛快消失在大路上，再也看不到拳手了。

三天後消息傳來說雖然威靈頓醫院對他照顧得無微不至，可惜還是救不了他的性命。這消息是尖聲仔當眾宣佈的，他說拳手彌留的時分他一直守候在旁。

「那是我經歷過的最感人的場面！」尖聲仔一邊說一邊用蹄子抹去一滴淚水，「在最後的一刻我守在他床邊。快大去時他衰弱得說不出話來，他撐着在我的耳邊輕聲說，他平生唯一憾事是在風車建成前死去。他輕聲叫着：『同志們，前進！以起義的名義前進。動物農莊萬歲！拿破崙同志萬歲！拿破崙永遠正確。』同志們，這就是他的遺言。」

講到這裏，尖聲仔臉色一變，沉默了一會，先用他多疑的小眼睛掃視了四邊一下，然後繼續講下去。

他說，據他所知，拳手被擄走後，農莊上流傳着一個笨得可以、不懷好意的謠言，說是有些動物注意到，拉走拳手的馬車上有個「屠馬商」的印記，就胡說八道一番，說拳手被送到屠馬場去了。尖聲仔說，真難相信世上有這麼傻的動物，他甩着尾巴跳來跳去，一邊氣憤地說，從這一點來看，他們真的很瞭解敬愛的領袖拿破崙同志嗎？其實，答案極為簡單。那輛車以前是一個屠馬商的，後來獸醫院買下了，只是還沒有來得及把舊名塗掉。就是這一點引起了大家的誤會。

動物們聽到這種解說，都深深的舒了口氣。隨後尖聲仔繼續手舞足蹈、繪聲繪影地描述拳手的靈床和所受到的各種優待。

拿破崙還為他不惜重資購買藥品和補品。這一來打消了動物們最後一絲疑慮，想到他們的同志在幸福中逝世，他們的悲哀也沒那麼難受了。

接下來的星期天的早晨會議上，拿破崙親自到會向拳手致敬，宣讀了一篇簡短的悼詞。他說已經不可能把他們逝去的同志拳手的遺體拉回來埋葬在農莊裏了。但他下了指示，用農莊主院花園裏的月桂花做一個大花圈，送到拳手的墓前。還有，在幾天之內，豬們還打算向拳手致哀，主辦一次追悼宴會。議程最後的一個項目是拿破崙引用了兩句拳手最愛的格言來結束他的講話：「我會加倍努力」和「拿破崙同志永遠正確」。在引用這兩句格言時，他特別提醒各動物應把這兩句格言確實作為自己的借鑑，認真地實踐到日常生活裏。

到了開辦宴會那一天，一輛雜貨店的車從威靈頓開來，在農莊主院交付了一隻大木箱。當天晚上，莊主院內傳出了一陣陣喧嚷的歌聲。不久又響起另外一種聲音，聽來像是激烈地吵鬧，一直吵到十一點左右，最後在一陣打破了玻璃的巨響聲中才靜下來。直到第二天中午前，農莊主院內不見任何動靜，但同時又傳來一個小道消息，說豬們不知從哪裏弄到一筆錢，用來買了一箱威士忌。

第十章

　　秋盡冬來，年復一年，隨着歲月的流逝，壽元較短的動物相繼走完了生命最後一程。眼前除了幸運草、班傑明、烏鴉摩西和幾頭豬外，再沒有動物記得起義前的舊日子了。妙瑞死了，藍鈴、傑西、鉗子都死了，鍾斯也死了，死在英格蘭境外一家酒鬼收容所裏。雪球已被遺忘。除了幾個早就認識他的舊識外，拳手也被遺忘了。幸運草如今也老態龍鍾，身體臃腫、關節退化、眼睛總黏着分泌物。她已經過了退休年齡兩年了，雖然實際上從來沒有任何動物真正退休過。撥出牧場一角給退休動物享用的話題早就不提了。拿破崙如今正值盛年，是一頭體重三百多磅的公豬。尖聲仔怎麼樣？他胖得連看東西都有困難。只有老班傑明還跟以前幾乎一模一樣，就是鼻子和咀周圍的毛色變得更為灰白。自從拳手死後，他比以前更孤僻、更寡言了。

　　農莊裏的動物比以前增加了許多，儘管趕不上早些年所預見的數字。很多動物在農莊上出生，還有一些來自其他地方，對他們來說，起義不過是一個模糊的觀念與傳說。而就那些來自外鄉的動物而言，他們來到農莊之前，根本沒有聽說過有關起義的事。現在的農莊，除幸運草外，還有三匹馬。他們都是好同

志，個個身體壯健，都是幹活能手，可惜腦筋就是遲鈍了點。看來他們三位沒有一個能學會字母表上「B」以後的字母。對於起義的經過和動物主義的本旨精神，他們聽到什麼都會毫無保留的全盤接受，特別是幸運草說出來的。他們對她的尊敬，近乎孝道。但是，究竟他們能不能弄通這些道理，實難以作答。

　　現在的農莊說得上是欣欣向榮，事事井然有序了。面積也因向皮金頓先生買了兩塊地而得以擴大。風車幾經辛苦，最後還是完成了。農莊有了自己的脫粒機和乾草倉庫。此外還建了不少各式各樣的房子。溫普爾自己也買了一輛雙輪輕便馬車。不過，遺憾的是，風車終於沒有用來發電，而是用來磨穀子，但利潤相當可觀。現在動物們又在為建造另一座風車賣命幹活。聽說等這一座風車落成了就要安上發電機。但是像雪球以前說的讓動物們享受的奢侈生活，如欄廄裏安電燈、有冷熱水供應、每週工作三天等等諸如此類的事都不必再提了。拿破崙曾批評這些想法，認為跟動物主義的精神背道而馳。他說真正的幸福，來自勤奮儉樸的生活。

　　不知為什麼，農莊看上去似乎闊氣多了，但眾多動物——除豬和狗外——卻依然故我，還是富不起來。部分原因也許是由於豬和狗都數目眾多吧。也不能說這些動物沒有按照自己的能力和處事方式工作。就像尖聲仔那樣不厭其煩的解說吧，在農莊上的監督和組織工作繁複，沒完沒了。在這類工作中，有很多是其他動物難以理解的。就拿尖聲仔說的做例子吧。豬每

天要花大量的精力來處理所謂「文件」、「報告」、「會議紀錄」和「備忘錄」等諸如此類的神秘事務。這類神秘文件數量很多,還得細心填寫,而且一旦填寫完畢,就要馬上放在爐子裏燒掉。尖聲仔說這是為了農莊的福祉所做的最重要的工作。但是迄今為止,豬也好、狗也好,都沒有以自己的勞力生產過任何食物,而他們食口最繁,食慾最盛。

至於其他動物,迄今就他們所知,生活一如既往,那就是說,都是生活在半飢餓狀態中。睡的是草墊、喝的是池塘水、幹的是田裏活、冬天受嚴寒所苦、夏天受蒼蠅所困。有時,他們中間較年長些的動物絞盡腦汁,竭力從蒼白的記憶中搜索着回憶的線索,試圖以此來比較起義後的早期,剛趕走鍾斯那陣子,情況是比現在好呢還是比現在差。但他們都記不起來了。沒有一件事物可以用來跟現在的生活作比較。除了尖聲仔的一連串數字外,他們沒有任何憑據用來作比較。但尖聲仔的數據總是千篇一律的要證明,所有事物正在變得越來越好。不管怎樣說也無關重要了,因為動物現在沒有閒情去思考這些問題。只有老班傑明是個例外,他說對自己悠悠的身世記憶猶新。他說他認識到世事過去沒有、將來也不會有什麼更好或更壞之分。因此飢餓、艱苦和失望就是我們生活的常規。

儘管如此,動物們依然沒有放棄希望。更值得一提的是,身為動物農莊一分子,他們從沒失去自己的榮譽感和優越感,哪怕是一瞬間也沒有失過。他們的農莊依然是全國(英倫三島)唯

一歸動物所有和管理的農莊。他們園內的成員，即使是最年輕的，或者是那些來自十或者是二十英里外農莊的新成員，每當想到這一點，無不深深感動。當他們聽到槍鳴，或看到旗桿上綠旗飄揚，他們內心就充滿了一身是膽的自豪感，到這時候，話題一轉，轉到時常提起那史詩般的過去，以及驅逐鍾斯、刻寫〈七誡〉、擊退人類來犯者的保家衛國戰爭等等。那些舊日的夢想一個也沒有忘記。想當年少校預言過的「動物共和國」，還有那個英格蘭的油綠田野上不再有人類足跡踐踏的時代，至今依然是他們的信仰所在。他們依然相信，總有一天那個時代終於會到來。也許不會馬上到來，也許不會在任何現時健在的動物的有生之年到來，但無論如何總會到來。說不準〈英格蘭的牲畜〉這調子正偷偷地到處哼着，反正農莊裏的動物都知道這曲子，雖然誰也不敢放聲大叫。也許他們生活艱難，也許他們的希望沒有全部實現，但他們很清楚，他們跟別的動物就是不一樣。如果他們沒有吃飽，也不是因為把食物拿去餵養暴虐的人類。如果他們幹活辛苦，那麼至少他們是為了自己。他們之間沒有誰用兩條腿走路、沒有哪種動物叫別的動物「老爺」，所有動物一律平等。

初夏的一天，尖聲仔吩咐羊跟他出去，他把他們領到農莊另一端的一塊長滿樺樹苗的荒地。在尖聲仔的監視下，羊在那裏吃了整整一天樹苗。到了晚上，尖聲仔告訴羊說，既然天氣暖和，他們乾脆待在那兒算了。然後他自己返回農莊主院。羊在

那兒呆了整整一個星期，其間別的動物連他們的影子也看不到。尖聲仔每天倒是花不少時間跟他們泡在一起，説是要教他們唱一首新歌，因此十分需要清靜。

綿羊回來後不久的一個爽朗的傍晚，動物們放了工，正走在回窩棚的路上，突然從大院傳來一聲馬的悲鳴，動物們嚇了一跳，全都立即停下腳步。嘶叫的聲音來自幸運草。她再次嘶叫起來的時候，所有的動物都跑着奔向大院。現在他們看到幸運草看到的景象。

有一頭豬在用後腿走路。

對啦！是尖聲仔。他顯得有點笨手笨腳，看來還不太習慣用這種姿勢撐着他那龐大的身軀，但卻能以熟練的平衡在院子裏散步。沒多久，從農莊主院門裏走出長長一列的豬，都用後腿走路。有些走得還算可以，有些看來卻是腳步浮浮，看上去更適宜找一根棍子支撐着。不過，每頭豬都繞着院子走得相當成功。最後，在一陣狗叫聲和黑公雞的啼聲中，拿破崙終於現身了。他大模大樣的挺着身子，眼睛傲慢的來回瞥了一下。他的狗簇擁在他周圍活蹦亂跳。

他蹄子裏捏着一根鞭子。

現場一片死寂。

驚訝、嚇得喪了膽的動物緊緊的擠在一起，看着那一行列的豬慢慢地繞着院子行走，好像這世界早已顛覆過來了。接着，當他們從震驚中醒來一點兒的時候，又有那麼一瞬間，他們管不

了任何事——管不了對狗的害怕——管不了他們多年養成的，無論發生什麼事，他們也從不抱怨、從不批評的習慣——他們馬上要大聲抗議了。但就在這時候，像受到一個信號刺激一般，所有的羊連聲爆發出一陣巨大的咩咩聲。

「四條腿好，兩條腿更好！四條腿好，兩條腿更好！四條腿好，兩條腿更好！」

喊叫聲持續了五分鐘。等羊安靜下來後，可提任何抗議的機會已經錯過了，因為豬已列隊走回農莊主院。

班傑明感覺到有一個鼻子在他肩上磨蹭。回頭一看，原來是幸運草。只見她那雙蒼老的眼睛比以前更灰暗。她什麼也沒有說，只輕輕扯着他的鬃毛，把他領到上面寫着〈七誡〉的大穀倉前，在那面塗上了柏油，寫上了白字的牆壁前，站了一兩分鐘。

「我眼睛不行了，」幸運草終於開口了：「即使在年輕時，我也認不得那上面寫了些什麼東西。可是今天，怎麼我看着這面牆跟幾年前不同了。〈七誡〉還是跟以前一樣嗎？班傑明？」

只有這一次，班傑明破了慣例，他把牆上的東西唸給幸運草聽。現在牆上別的東西也沒有了，只剩下一條戒律：

所有動物一律平等
但有些動物比其他動物
更加平等

　　從此以後，似乎再沒有什麼東西稀奇古怪的了。第二天所有的豬在農莊監督幹活時蹄子上都捏着一根鞭子，這也不算稀奇；豬為他們自己買了一台無線電收音機，正準備安裝一部電話，算不上稀奇；得知他們已訂閱《約翰牛報》、《珍聞報》和《每日鏡報》，不稀奇；看到拿破崙在農莊主院花園裏散步時，咀裏咬着一支煙斗，也算不上稀奇。對的，這也算不上稀奇。對的，不必大驚小怪了。現在假如你看到豬把鍾斯先生的衣服從衣櫃拿出來穿，那也不必大驚小怪。今天，拿破崙自己已懂得穿上一件黑外套和一條半長的馬褲配上皮綁腿。他心愛的母豬穿的是一條波紋綢裙子。這是鍾斯太太以前常在星期天穿的。

　　過了一星期後的一個下午天，一隊雙輪單駕馬車駛進農莊，事因一個鄰近農莊主人組成的代表團，接受了邀請到此考察觀光。他們參觀了整個農莊，對看到的一事一物都讚口不絕，對風車尤其讚賞。當時動物們正在蘿蔔地除草，幹得仔細專心，很少揚頭仰望，很難說他們是對豬害怕呢，還是對來參觀他們的人更害怕。

　　那天晚上，農莊主院傳來一陣陣笑聲和歌聲。動物們突然被這混雜的聲音吸引住了。他們極感好奇的是，這是人和動物在平起平坐關係中第一次共聚一堂，那麼在裏面發生了什麼事呢？於是他們不約而同、一聲不發的往農莊主院的花園爬去。

　　到了門口，他們頓住了，多半是因為害怕而不敢再往前走。但幸運草帶頭進去了，他們踮着蹄子，走到房子前，其餘個子很

高的動物就從餐廳的窗戶上往裏面看。屋子裏面,在那長桌子
周圍,坐着六個農莊主人和六頭最有來頭的豬。拿破崙自己坐
在這桌子上首的東道主席位上。豬在椅子上顯出一副躊躇滿志
的樣子。看來賓主都全神投入在玩撲克牌,但這時停了一會
兒,顯然是為了準備乾杯。有一個很大的大口壺在他們中間傳
來傳去,杯子裏又添滿了啤酒。他們都沒注意到窗戶上那些詫
異好奇的眼睛正凝視着他們。

　　狐林農莊的皮金頓先生舉杯站起,說道,稍等片刻,他要請
在場諸位乾杯,但在此之前,他覺得有幾句話得先說。

　　他說他相信,同時在座的客人也相信和高興,因為持續已久
的猜疑和誤解的時代已結束了。曾有過這樣一個時期,無論是
他自己,或是在座諸君,都沒有今天這種感受。當時可敬的動
物農莊主人們,曾受到人類鄰居的關注。他說他寧願說這關注
多半是出於一定程度的焦慮,而不是敵意。不幸的事情發生
過,錯誤的觀念也流行過。一個由豬擁有、管理、經營的農莊
總會讓人覺得兒戲,且不說容易給鄰近農莊帶來不正常、不穩定
的錯覺。曾有不少農莊主人沒有做過調查就瞎說一起,擔心自
己的動物甚至人類會過着目無法紀、淫亂放縱的生活。然而這
些疑慮今天全部消除了。今天他和他的朋友拜訪了動物農莊,
用他們的眼睛參觀了農莊的每一個角落。他們看到了什麼呢?
他們看到,這裏不僅有最先進的方法,而且紀律嚴明,這應是各
地農莊主人學習的榜樣。他相信,他滿懷信心的說,動物農莊

的低等動物，幹的活比全國任何動物都多，吃的食物都卻最少。的確，他說，他和他的代表團成員今天看到了不少有特色之處，準備盡快把這些特色引進各自的農莊去。

他說，他打算在發言結束前，再次重申動物農莊及其鄰居之間固有的情誼或應該建立的情誼。在豬和人之間不存在、也不應存在任何意義上的利害衝突。他們的奮鬥目標和遭遇到的困難是相似的。勞工問題不是處處相似嗎？說到這裏，可以看出皮金頓先生很想突然爆出一句跟現場相關的俏皮話，但他顯然樂不可支，居然說不出話來。他竭力抑制住，下巴憋得發紫，最後才迸出一句：「如果你們有你們的下層動物要對付，那麼我們也有我們的下等階層要應付！」果然妙語天成，引起哄堂大笑。皮金頓先生再次為他在動物農莊看到的飼料供給少，勞動時間多，普遍不見有嬌縱現象，為此得再次向豬表示祝賀。

他結束話題時說道，現在他要諸位站起來，一滴不少的倒滿了酒杯。「先生們，」皮金頓先生總結道：「先生們，我敬你們一杯：為動物農莊的繁榮昌盛乾杯！」

眾人熱烈唱和，跟着踏腳響應。拿破崙喜上心頭，他離開座位，繞着桌子走向皮金頓先生面前，跟他碰了杯便一口喝乾。待喝彩聲靜下來後，一直用後腿站着的拿破崙示意他也有話要說。

拿破崙的演講一如既往：要言不繁、切合時需。他說他也為那個誤解猜疑時代的結束而感到高興。曾經有過很長的一段時期，流傳着這樣的一個謠言——他有理由相信這些謠言是心

懷不軌的仇家散布的——謠言說他和他的同夥的觀念中，有一種近乎主張顛覆、甚至可以說是革命的信仰。他們一直疑為煽動鄰近農莊的動物起義。謠言遠離事實真相。他們唯一的願望是，不論是過去也好，現在也好，都是跟他們的鄰居和平相處，在貿易上保持互利關係。他補充說，他慶幸管理這個農莊是一家合營企業，手上的地契歸豬共同擁有。

他說他不相信還有舊的猜疑仍然存在。而最近農莊慣例所做的一些修正亦會進一步增強這一信心。長期以來，農莊裏的動物還有一個頗為愚蠢的習慣，那就是互相以「同志」稱呼。這習慣要取消。還有一個還不知由來的怪癖。那就是每個星期天早上，列隊走過花園裏一個釘在木樁上的公豬頭蓋骨。這個也要取消，頭蓋骨已經埋了。他的訪客也許已經注意到，過去旗面上畫着的白色蹄掌和觭角現在消失了。從今以後，旗桿上飄揚的將是金綠的旗。

他說，對皮金頓先生精彩而充滿善意的演講，他只有一點要補充修正。皮金頓先生一直提到「動物農莊」，他不知道，當然不知道，因為就連拿破崙自己也是第一次提到，「動物農莊」這個名字作廢了。今後，農莊的名字將是「曼納農莊」，他相信這才是它的真名和原名。

「先生們，」他總結說：「我將給你們同樣的祝辭，但形式不同。請先倒滿這一杯。先生們，我們的祝辭是：為曼納農莊的繁榮昌盛乾杯！」

一陣同樣熱烈而興奮的喝采聲響起，酒也「乾杯」而盡。但當外面的動物定神看着這一情景時，他們似乎看到了一些怪事正在發生。豬的面孔有什麼變化呢？幸運草那雙衰老昏花的眼睛掃過一張接一張面孔。他們有些有五個下巴，有的四個、有的三個，但是有些東西好像正在融化消失，發生變化。接着熱烈的掌聲結束了，他們又拿起撲克牌，繼續剛才中斷的牌局。外面的動物悄悄地離開了。

但他們還沒有走出二十碼，又突然停住了。農莊主院傳來陣陣吵鬧聲。他們跑回去，從窗戶往裏面看，對的，裏面正吵個不停。他們既有大喊大叫的，也有捶打桌子的，一邊是疑神疑鬼的犀利目光，另一邊卻在指天發誓否認。吵鬧的原因聽說因為拿破崙和皮金頓先生同時打出了一張黑桃A。

十二個嗓門同時憤怒地叫喊着。他們何其相似！如今不必問豬的面孔發生了什麼變化。外面的動物從豬看到人，又從人看到豬，再從豬再到人：但他們已分不出誰是豬，誰是人了。

（完）